主　编：陈　恒　孙　逊

光启文库

光启随笔

光启文库

光启随笔　光启讲坛
光启学术　光启读本
光启通识　光启译丛

主　编：陈　恒　孙　逊

学术支持：上海师范大学光启国际学者中心

责任编辑：鲍静静
装帧设计：纸想工作室

学术的重和轻

李剑鸣 著

商务印书馆
2018年·北京

图书在版编目（CIP）数据

学术的重和轻 / 李剑鸣著. —北京：商务印书馆，2017
（2018.10重印）
（光启文库）
ISBN 978-7-100-13029-5

Ⅰ.①学… Ⅱ.①李… Ⅲ.①美国—历史—文集
Ⅳ.①K712.07-53

中国版本图书馆 CIP 数据核字（2017）第047721号

权利保留，侵权必究。

学 术 的 重 和 轻
李剑鸣 著

商 务 印 书 馆 出 版
（北京王府井大街36号 邮政编码 100710）
商 务 印 书 馆 发 行
山东临沂新华印刷物流
集团有限责任公司印刷
ISBN 978-7-100-13029-5

2017年4月第1版　　开本 889×1194 1/32
2018年10月第2次印刷　　印张 8

定价：46.00元

出版前言

梁启超在《清代学术概论》中认为,"自明徐光启、李之藻等广译算学、天文、水利诸书,为欧籍入中国之始,前清学术,颇蒙其影响"。梁任公把以徐光启(1562—1633)为代表追求"西学"的学术思潮,看作中国近代思想的开端。自徐光启以降数代学人,立足中华文化,承续学术传统,致力中西交流,展开文明互鉴,在江南地区开创出海纳百川的新局面,也遥遥开启了上海作为近现代东西交流、学术出版的中心地位。有鉴于此,我们秉承徐光启的精神遗产,发扬其经世致用、开放交流的学术理念,创设"光启文库"。

文库分光启随笔、光启学术、光启通识、光启讲坛、光启读本、光启译丛等系列;努力构筑优秀学术人才集聚的高地、思想自由交流碰撞的平台,展示当代学术研究的成果,大力引介国外学术精品。如此,我们既可在自身文化中汲取养分,又能以高水准的海外成果丰富中华文化的内涵。

文库推重"经世致用",即注重文化的学术性和实用性,既促进学术价值的彰显,又推动现实关怀的呈现。文库以学术为第一要义,所选著作务求思想深刻、视角新颖、学养深厚;同时也注重实用,收录学术性与普及性皆佳、研究性与教学性兼顾、传承性与创新性俱备的优秀著作。以此,关注并回应重要时代议题与思想命题,推动中华文化的创造性转化与创新性发展,在与国外学术的交流对话中,努力打造和呈现具有中国特色的价值观念、思想文化及话语体系，为夯实文化软实力的根基贡献绵薄之力。

文库推动"东西交流"，即注重文化的引入与输出，促进双向的碰撞与沟通，既借鉴西方文化，也传播中国声音，并希冀在交流中催生更绚烂的精神成果。文库着力收录西方古今智慧经典和学术前沿成果，推动其在国内的译介与出版；同时也致力收录汉语世界优秀专著，促进其影响力的提升，发挥更大的文化效用；此外，还将整理汇编海内外学者具有学术性、思想性的随笔、讲演、访谈等，建构思想操练和精神对话的空间。

我们深知，无论是推动文化的经世致用，还是促进思想的东西交流，本文库所能贡献的仅为涓埃之力。但若能成为一脉细流，汇入中华文化发展与复兴的时代潮流，便正是秉承光启精神，不负历史使命之职。

文库创建伊始，事务千头万绪，未来也任重道远。本文库涵盖文学、历史、哲学、艺术、宗教、民俗等诸多人文学科，需要不同学科背景的学者通力合作。本文库综合著、译、编于一体，也需要多方助力协调。总之，文库的顺利推进绝非仅靠一己之力所能达成，实需相关机构、学者的鼎力襄助。谨此就教于大方之家，并致诚挚谢意。

清代学者阮元曾高度评价徐光启的贡献，"自利玛窦东来，得其天文数学之传者，光启为最深。……近今言甄明西学者，必称光启"。追慕先贤，知往鉴今，希望通过"光启文库"的工作，搭建东西文化会通的坚实平台，蠹起当代中国学术高原的瞩目高峰，以学术的方式阐释中国、理解世界，让阅读与思索弥漫于我们的精神家园。

上海师范大学光启国际学者中心
2017年3月

自 序

卡尔维诺真是一个"不可思议"的作家。他毕生致力于革新小说的写法，不断向人类想象力的极限发起冲击，笔下总能涌现各种奇思妙想。在回顾写作生涯时，他称自己的工作"常常是为了减轻分量"：减轻小说各种构成要素的分量，"首先是尽力减轻小说结构与语言的分量"。这番话给我带来了很大的触动。

小说在内容和形式上有轻重之分，学术论著何尝不也是这样。我们评估一篇论文的学术含量时，常用"厚重"或"分量不够"这样的说法；在赞许文章的语言时，我们也会用到"文笔轻灵""文风飘逸"这样的词句。这些无疑都是借用了物体重量的隐喻。其实，出色的学术作品可以是轻重合一的，也就是学识重、文字轻。我们常说的"深入浅出"，大约也包含这层意思。

追求学识的厚重，许多学者对此都有自觉的意识。但是，文字轻重的意义似乎没有受到应有的重视。诚然，语言在学术写作中独立性不强，而受表述对象的制约更大；深奥而复杂的知识和思想，往往须借助于冗繁而曲折的文句。但是，我还是忍不住想，难道真的没有可能用轻快的文字写出深刻的见解吗？文字过重，写起来吃力，也极大地妨碍阅读的效果；而且，如果过于轻视语言的重要性，也容易造成才情和趣味的退化。

最近这些年，我有意识地做了一些"文字的实验"，尝试过不同文体的写作。我常用发言记录稿做基础来写文章，间或还写一些杂感和评论，目的都是为了减轻文字的重量，追慕轻快、流畅和可读的文风。收在这个集子里的文章，大多带有这样的意图。但是，受天资和习惯的制约，这一切的成效似乎并不显著。

这本集子能够编出来，首先要感谢陈恒教授。他知道我以前出过一本叫做《隔岸观景》的小书，便建议我依样再编一本。我搜罗和浏览了近期的小文章，发觉可以勉强成书，便以此应命。这些文章多数也曾发表，当初写作和刊发时，得到过许多师友的帮助和指教，现在借这个机会一并致以谢忱。

我爱读的另一个作家是张爱玲。她在《半生缘》的开头写道："日子过得真快，尤其对于中年以后的人，十年八年都好像是指顾间的事。可是对于年轻人，三年五载就可以是一生一世。"后一句是否切合现在年轻人的感受，我不得而知；而前一句则正是我当前心境的写照。日月巡天，流光易逝，不免让人生出"时不我待"之感。自己在学业上虽然未尝懈怠，无奈实绩仍是乏善可陈。因此，对于打算翻看这本小书的读者，我还是要预先表示歉意。

目 录

自 序   1

"大"与"小"的关系及其他   3
学品、读书与成才   33
射人又放一枝春   37
审视中国学术的第三个维度   41
自律的学术共同体与合理的学术评价   45
中国世界史学科的现状和前景   59
外国史研究中的材料问题   65

从文化的视角解读美国的"崛起"   73
再谈美国的"崛起"   89
美国获取世界领导地位的国内政治资源   95
美国早期史研究杂谈   105
美国早期的国家构建及其启示   121
"复数化"的美国革命   129
边缘地带的"世界主义者"   137
富兰克林和他的《穷理查德历书》   151

美国史研究的新起点　167
《史学月刊》与中国的美国早期史研究　171
八十年代的南开美国史研究室　181
在珞珈山的浓荫里读书　191
他们在美国发现了什么？　195
王希博士和他的《民主的考验》　205
并非"完美主义者"的遗憾　215
文章得失寸心知　223

"大"与"小"的关系及其他

人类从有文字开始,就在设法记录过去发生的事情,就在从事历史写作。到今天,历史写作已经成了一个拥有悠久传统的古老行当,规范、技艺和标准都比较成熟,比较系统。不过,关于历史应当怎样写,也出现过很多的争论,发生了很大的变化。现代历史写作的含义和方式,跟过去相比,可以说有了天壤之别。假设让几百年前的老前辈来读我们今天的历史著作,他们也许会很生气,说不定会"羞与哙伍",要把我们赶出史家的队伍。对一个初学者来说,接触了各种说法和主张以后,可能会有莫衷一是的感觉。

我们有时听人说起,历史在被写出来之前是不存在的。这个说法对不对呢?可能有人会加以斥责:这样的话岂止"不对",简直就是"胡扯"。我们知道,"历史"有三种形态:第一种是作为过去实况的历史;第二种是作为过去实况遗迹的史料;第三种是历史学家写出来的历史著作。历史写作的任务固然是产生第三种历史，但其宗旨是要基于第二种历史来尽可能地揭示第一种历史。因此，泛泛地说"历史是写出来的"，就显得有点绝对，失之片面。不过，如果对这种说法做一些限定，也还是有几分道理的。"过去实况"一旦发生，就永远封闭在一个"幽暗的屋子"里，普通人能记得一些跟自己有关的事，但对于更长时段、更大范围、更多人群的经历，可以说基本上是茫然无知的。历史学家运用自己的专业技能，经过艰苦的努力，从门缝里看到了那间"幽暗的屋子"里的一些零星片断的景象，用文字把它们表达出来，大家才约略知道了过去世界是个什么样子。从这个意义上说，历史写作就是在生产历史知识，让历史为更多的人所知晓。

按照欧美学者的说法，历史知识的生产可以分为两个阶段。第一个是研究的阶段。大致确定一个题目以后，就去搜集和考辨史料，从中寻找各种相关的信息，对这些信息进行整理和诠释，目的是发现某些有意义的东西。接着就进入了写作阶段，把上一个阶段获得的认识，借助适当的形式，用文字把它表述出来。历史写作当然是有局限的，主要是因为文字难以准确而完全地传达我们想说的东西，所谓"言不及义""难以言表"，说的就是这个道理。历史写作必须借助这种局限性很大的语言，这是我们面临的最大挑战。另外，我们在写作当中，还要考虑材料的性质、证据是否可靠，还要讲究逻辑，讲究论证的合理性，讲究表述的清晰性。德国历史学家兰克声称，文字写成的历史可以视作过去真相的再现。但是，现在有些学者受后现代史学理念的影响，觉得写出的历史未必是过去的真相，它只是一种"语言制品"，与其说写的是**过去**，不如说是**关于过去的东西**。这种想法跟以往那种盲目的自信和霸道相比，多了一点谨慎和谦逊。至少，某个历史学家写的东西，肯定不是"过去真相"的唯一合法的版本。

我们发现，从前的学者所写的历史，有很大一部分可以叫做"通史"。这里所说的"通史"，不是我们今天常见的教科书之类的普及读物，而是一种高深的研究性著作。只要看几本他们传下来的书就知道，他们往往是选取一个时期，或者一件大事，或者一个大人物，从头写到尾；他们的思想观点、道德寓意，都反映在他们对材料的取舍和安排当中，体现在他们对人事的褒贬和臧否当中。可是，我们今天见得最多的历史写作形式是论文，专著实际上是一种长篇论文。这个变化是怎么发生的呢？可能跟专业性期刊和研讨会的出现有很大的关系。学术刊物一期要登几篇文章，当然要对篇幅做一些限制；在学术讨论会上交流论文，或者发言，也不可能没完没了地讲下去。于是，篇幅短小、形式灵便的论文，就成了学者最喜欢、最擅长的写作形式。

其实，从"通史"到论文的变化，不仅仅是一个形式不同的问题，而且跟其他一些重要的趋向密切相关。首先，写论文要有一个问题，围绕这个问题来组织文章，展开论述，阐述观点；所以，写作形式的变化反映了研究方式的变化，用英国学者阿克顿的话说，研究的不是"时期"，而是"问题"。法国年鉴学派的第一、二代学者更是大谈研究"问题"，他们提出了"问题史学"的理念，甚至说"没有问题，就没有史学"。也有美国学者说，研究历史，就是要解决问题。今天，我们身边的多数历史学者，大概也是这么看待史学的。

其次，论文的重点在"论"，而"论"的主要方式是分析，因此"分析"取代了"叙事"，成了历史学家最常用的方法。分析就把事情拆开了看，一条一条地说出其中的道理来；我们常说"条分缕析"，就是这个意思。这种方法用到极点，就出现了只见局部、不见整体，只讲观点、不讲故事的弊病。于是，传统的"叙事"方法又回归了。但这种回归不是原样复位，而是融合了分析的成分，带有分析的意图，也就是要通过叙事来表达看法，反映对历史意义的认识。因此，有的人把这种回归的叙事叫做"分析性叙事"。也就是说，叙事再次受到了重视，但最终的目的还是在于分析。

再次，有人提出，写"通史"要用长远的、宏大的眼光看问题，要从历史中找出趋势性或"规律性"的东西。用这种方式写出的"通史"，当今欧美学术界通常把它叫做"宏大叙事"。比如说，我们很熟悉的"从封建主义向资本主义的过渡""工业文明取代农业文明"，等等，都属于"宏大叙事"的范畴。"宏大叙事"的好处，是能提供一个清晰明了的大画面；它的缺点是"只可远看，不可近观"。特别是我们的专家们拿放大镜来看，就会发现其中尽是简单化和过度概括的毛病。于是，很多学者不主张照这种路子来写历史，他们甚至觉得这根本就不是历史学家要做的事。历史研究要讲究具体性、个别性、复杂性和多样性；即使是要讲大道理，也要寄托在具体的小事当中。像勒华拉杜里、卡罗·金兹堡、纳塔莉·戴维斯等人写的"小历史",引起了广泛的反响,被称作"新微观史学"。

当然,新的历史写法也带来了新的问题。那么多人写论文,多数都在讨论小问题,结果我们看到了一大堆琐碎零散的东西,对细节了解得不少,但对历史的大画面却没有什么概念。这就是我们常说的"碎片化"。一二十年前,美国史学界很在意这个问题,许多有名的学者写文章呼吁改变这种局面。最近几年,"碎片化"的问题似乎并没有缓解,但担忧和不满的言论反而少了,是不是他们已经习以为常、见惯不怪了呢?但不管怎么说,"碎片化"是一个和写作方式相关的问题。还有一个相关的现象,就是"技术主义写作"盛行。什么叫做"技术主义写作"?就是把论文写得像实验报告一样,先提出问题和假设,再罗列材料和数据,最后提出结论。这样的文章千篇一律,枯燥乏味:只有分析,没有故事;只有数据,没有人物。这显然不是写历史的高明手法。

话说到这里,意思似乎就比较明朗了:现代历史写作面临很多的挑战。我们应该如何应对这些挑战呢?这些挑战有些已经出现几十年了,有些则是最近的"新生事物";它们不是针对某个具体的历史学家的,而需要整个历史学界来共同应对。作为初学者,我们是不是也要加入这个"应战"的队伍当中去呢?初学者将来有可能成为名学者,现在处在起步阶段,对于史学的整体状况不能漠不关心。我们刚刚开始接受学术训练,最好的办法是选择较小的题目,做具体的、深入的研究;先学会写好小文章,今后才能写出大书来。所以,我们从一开始就要"做好小题目,思考大问题"。我觉得,这可能是我们应对"现代历史写作的挑战"的一个有效方式。

如何理解"做好小题目,思考大问题"呢？前面提到,写论文先要有个论题；这个论题包含两个方面：一是题材,二是主题,题材加上主题,就构成了一个论题。题材和主题有联系,但不是一回事。初学者很容易混淆,常见的毛病是把主题当成题材。比如说,探讨美国少数族裔的权利,这只是研究的主题,而不是题材；如果把它当作题材对待,那就太大、太泛了。题材应当是一些具体的案例,通过这些案例来看少数族裔的权利状况及其变化。可见,题材是具体的,要做严格的界定,讨论的问题则可以大一点。也就是说,要通过具体的、边界明确的题材,来反映较大的主题。这就是"做好小题目,思考大问题"的含义。

当然,历史写作的题目有宏观和微观之分。大学者可以写大题目,但初学者最好先用心做好小题目,不要一开始就喜欢大题目,这样容易把手写"松"了,结果一辈子只会写空洞浮泛的文章。不过,我们手上写着小文章,心里却一定要装着大问题。在历史研究中,我们始终都会碰到这个"大"和"小"的关系问题。如何处理"大"和"小"的关系,我在《历史学家的修养和技艺》中提出了十二个字,叫做"以大观小""小题大做"和"因小见大"。我在书里没有展开来说,现在借这个机会,以这十二个字为中心,谈谈如何应对现代历史写作的挑战。

先讲第一句："以大观小。"我们知道,历史有点像宇宙,浩瀚无边,内容丰富得超乎想象;而作为个体的学者却很渺小,无论他多么博学,在广袤的"过去世界"面前,所知道的都只是一粒微尘。再伟大的历史学家,毕生用功做研究,能触及的也只是历史世界中一个很小、很小的角落。19世纪有个美国历史学家说,所谓"通史"是没有人可以写得出来的;历史学家在"人类命运"这部大书中所随意撕下来的,只不过是一两张小纸片。因此,历史学家在写作的时候,总有一种如履薄冰的感觉;哪怕是历史的一个细节,也可能比他想象的复杂得多。严谨的学者在下断语的时候,往往是战战兢兢的。但是,历史学家又不甘于渺小,总是极力克服自身的局限,一心要与浩淼的历史沟通,要把他从"幽暗的屋子"里看到的东西展示给别人,并让别人相信,这就是历史本身。可是说到底,历史学家以自身的渺小,面对历史这个庞然大物,所看到的只是一些很细小的东西。但是,这些细小的东西,与巨大的历史躯体之间,究竟是什么关系呢?这就需要用"以大观小"的办法来处理。

"以大观小"是中国传统绘画中的一个术语。中国山水画采用的是"散点透视"或"多点透视",画出的是全景式山水;这种画面一个人站在某个具体的观察点上,是根本不可能看得到的。那么画家又是如何画出来的呢?古代画家想出了一个办法,他假设自己是一个顶天立地的巨人,有一双通天彻地的大眼;同时把面前的山水想象成一个"沙盘",万里风光就可以一览无余,尽收眼底。这就是以画家之"大"来观山川之"小"。这是"以大观小"的本义。我在这里用它的"转义",说的是历史学家在观察历史的时候，把自己想象得很大，如同站在喜马拉雅山之巅，这样看到的历史画面就要开阔一些，清楚一些。实际上历史并没有变小，而是历史学家自己变"大"了。我们做的是小题目，"以大观小"的目的，就是给小题目在大的历史画面中确定一个适当的位置，就好比是在一片很大的风景中，恰到好处地布置一棵树、一座房子或一条小溪。

在大历史中找到小题目的确切位置，可以避免两种偏颇的倾向。第一种倾向是把小题目当作了历史的全部，也就是以"小"充"大"。比方说研究美国革命史，有人专门研究黑人在革命中的活动。当时的确有一些黑人卷入了独立战争，有的参加了大陆军，有的则成为"黑人效忠派"。但他们并不是革命的主角，在整个革命过程中所起的作用很小。一方面，黑人在人口中占的比重不大，革命与他们的直接关系也不明显；另一方面，绝大多数黑人是奴隶，人身受到控制，不可能加入革命者的行列。总之，从大的画面来看，黑人在美国革命中的位置非常之小。可是，如果一个研究黑人与革命的人，没有意识到这一点，或者不把话说清楚，就可能会让人觉得，美国革命根本没有华盛顿、杰斐逊什么事儿，就是一群黑人奴隶在那里造反。这显然不是美国革命的实际面目。

第二种倾向是弄不清小题目与大历史的关系。还是用美国革命中的黑人做例子。研究黑人的革命活动，如果只就黑人说黑人，读者就不知道黑人的活动与美国革命究竟有什么关联。只有把黑人在革命中的活动，同沿海的商人、种植园主、白人劳工以及妇女的作用相比较，进行综合考察，才能真正了解黑人在革命中究竟扮演了什么角色，这样的研究才不会游离于整个革命史。可见，通过"以大观小"的办法，把黑人的活动作为整个美国革命史的一部分来看待，这样才能看出两者之间的联系，尤其是看出黑人在革命中扮演了什么角色，革命给黑人带来了什么影响。

当然，"以大观小"还有另一层含义，就是我们常说的"思辨的历史哲学"。这门学问可以说是把"以大观小"用到了极致。少数"不世出"的哲学家，有点像"知天意"的圣人，在他们眼里，整个人类历史就像一幅小风景画，上面的山川走势、阴晴雨雪、人物房舍，似乎一眼就看得清清楚楚，三言两语就能描绘出大势或规律，并且很自信地展示给别人看。黑格尔和斯宾格勒都是这方面的能手。不过，我们今天讲的"以大观小"，与这种学问没有什么关系。历史哲学和历史研究是两码事，前者是对历史的一种观念构造，而后者则是用具体的材料来讨论具体的问题。

"以大观小"的道理就是这些，说起来并不复杂。但要做到"以大观小"，却并不容易。关键是历史学家要使自己变得"大"起来。一个人想看得远，先要站得高；只有爬到喜马拉雅山之巅，才能放眼天下。前面说到，历史学家要把自己想象得很"大"，其实光想象是没有用的，必须采取一些切实可行的步骤，想方设法，努力使自己变得"大"起来。

历史学家的"大"，实际上是眼界大。什么样的学者眼界才大呢？当然是知识渊博、学养深厚的学者。所以，我们想变得"大"起来，要做的第一件事，就是努力积累知识，不断提高学养。前人论治史，大多强调要有贯通的眼光，要博通古今中外，通晓相关学科，才能做出很大的成绩。不过，像陈寅恪那种渊博，多数人确实是达不到的；我们只能力争懂得多一些，力争做"有常识的专家"。研究小题目，不能心里只有这个小题目，别的一概不管。其实，哪怕是很小的题目，都需要调动很多的知识来处理。波兰学者托波尔斯基说，研究历史主要靠两类知识，一是资料源知识，二是非资料源知识，而且后一种知识更重要。这相当于中国古人所说的，"功夫在诗外"。我们只有把两种知识结合起来，才能把小题目做好。打个比方，写一篇论文，就像是做一道菜，除了有主料，还得有配料，并且要把主料和配料搭配好，这样做出的菜才又好看又好吃；否则，就是拿着鲍鱼，也做不出美味来。

我们许多人都知道博通的重要性，可是如何才能做到博通呢？说到底，只有"读书"两个字。我们的同学大多愿意读书，但总是希望老师给开个书单，以读完单子上的书为奋斗目标。其实这不是最好的办法。因为研究一个题目，事先很难确切地知道究竟需要用什么知识；到时候什么知识最有用，真有点"撞大运"的味道。既然不能断定哪些知识有用，就只有尽可能地拓展知识面，不断地增加知识积累；到用的时候，选择的余地自然就大了。东汉末年的荀悦说过，用网去捕鸟，捕住鸟的只是一个网眼；但如果只做一个网眼，就根本捕不到鸟。做学问也是一样，虽然用到的知识可能很少，但如果只有很少的知识，那是根本不够用的。

第二件要做的事是加强理论修养。大家都知道,研究历史需要用理论;但理论如何用,其实是很有讲究的。有人写文章的时候,把某种理论当作证据使用,这是对历史研究的一个很大的误解。理论对历史研究的作用主要是启发性的,不同的理论可以为历史学家提供不同的观察研究对象的透镜。在研究的过程中,理论具有很强的组织和动员能力,能够指引思考的方向,能够照亮史料的意义。比如说,在18、19世纪的英国,发生了很多零零散散的变化,包括蒸汽机的发明,水力纺纱机的诞生,机器制造业的发展,工业产品的增长,产业工人的出现,工业城镇的兴起,等等;我们可以分头去研究这些东西,但这些研究的意义是什么呢?如果这时有一个较大的理论概念,把刚才提到的这些事连接成为一个整体,情况就会很不一样。后来确实有人发明了一个词,叫"工业革命"。这个词一出现,18世纪以来欧洲(当然还有美国)所发生的种种变化,就获得了一种全新的解释。这就是理论概念的作用。"文艺复兴",还有"革命",都是这样的概念。如果没有"革命"这个概念,我们看1764—1789年的北美,就只知道殖民地居民起来造母国的反,打了8年的仗,最后制定了一部宪法,建立了一个新国家;现在我们掌握了"革命"的概念和相关的理论,我们就能把这一系列事件联系起来看待,把它们叫做"美国革命"。

上面提到的"工业革命""文艺复兴""美国革命",等等,都是"史学概念"。今天的史学深受社会科学的影响,纯粹的理论具有越来越重要的作用。严格地说,历史学是一个理论贫乏的学科。不过，在这个领域还是有三种形式的理论。一种是我们通常讲的历史理论，黑格尔的"世界精神"，马克思的"历史规律"，还有汤因比的"文化形态"，都属于这个范畴。这种理论是对历史的高度概括，把复杂丰富的历史锤炼成一条清楚明了的理论链条。这也就是我们前面提到的"思辨的历史哲学"。另一种是史学理论，它关注的是历史研究本身，例如，历史学的学科特性是什么？历史认识的特征和局限性是什么？"历史真实"的说法是不是能够成立？这种关于历史学本身的理论思考，也叫做"分析的历史哲学"。第三种理论是在研究具体历史问题时所取得的理论化成果。它来自对具体史事的概括，又能用来观照其他的史事。E. P. 汤普森关于英国工人阶级形成的研究，提出了一种新的阶级理论，就属于这种理论化的成果。这三种理论在历史研究中都有作用。但是，历史研究涉及的问题方方面面、林林总总，需要用的理论资源相当之多；而这些理论需求，历史学本身是无法满足的，所以历史学家一直都在向别的学科学习。最早是向自然科学学习，接着又到社会科学那里取经，后来还旁及了哲学、文学乃至图像学。当前很热的"新文化史"，在理论上就离不开人类学和文学。就这一点而言，历史学是一个开放的学科，它总在从别的学科当中汲取营养，来丰富和发展自己，因此得以不断进步，形成新的流派，出现新的研究范式。

理论对于我们的研究工作很重要，但在具体研究中如何使用理论，则需要有方法论的意识。理论用得恰当，就能提高我们的观察能力，增强我们的理解力和判断力。同一件事情，用不用理论来看，用什么样的理论来看，产生的结果是大不一样的。举一个例子，唐代文成公主远嫁西藏，古书上叫做"和亲"；但如果从文化人类学的角度来看，这不正是不同文化的接触和交往吗？其中肯定存在"文化震撼"和"文化适应"的问题。还有一个例子，美国学者阿尔弗雷德·钱德勒对美国19世纪后期公司管理的各种变化做了很细致的讨论，如果他到此止步，最多就是写了一部美国公司管理史；但他有很好的理论修养，也有很强的理论化意识，他用《看得见的手》做书的标题，画龙点睛，一下子就把自己的研究提升到一个了不起的理论高度。根据传统的经济学理论，市场是一只"看不见的手"，它支配着生产、消费和物价，也决定着经济的起伏波动；但钱德勒通过研究发现，现代公司的管理使经济活动走向有序化，它等于经济中的一只"看得见的手"。后来的政府干预，可以叫做第二只"看得见的手"。由于运用了理论，采取了理论化的路径，他那些琐碎的研究就产生了震撼人心的效果。一句话，不同的理论可以为我们提供不同的透镜，能开阔我们的视野，增强我们的认识能力。

第三件事是开发想象力。在一般人的印象里，历史学家成天坐在那里看史料，讲究"有一分材料说一分话"，似乎与想象力不沾边。其实，一个好的历史学家，必须具有出色的想象力。任何一个历史学家，都只是具体的个人，他的经验总是有限的；尤其是一个人一辈子在大学里念书、教书，活动范围狭窄，生活内容单调，阅历和见识肯定都是十分有限的。研究经济史的，可能没有做过买卖；研究军事史的，一般没有当过兵、打过仗；还有人研究土匪史，他更不可能去"啸聚山林"。没有相关的经验，怎么去把握和理解自己的研究题材呢？据说，在美国一个大学的历史系，有位教授自己是同性恋，他声称没有同性恋经验的人是讲不了同性恋史的；这时，有个很有名的学者反驳他说，照这样说来，那还有谁能研究古希腊罗马的历史呢？很多人都不信教，宗教史又由谁来研究呢？的确，如果只能研究与自己的亲身经历有关的东西，那多数历史学家就都要丢饭碗了。任何一个历史学家的经验都是有局限的，但他可以努力克服这些局限，克服的途径就是借助于想象力。通过合理的想象，历史学家可以把自己置于特定的历史时空中，去跟前人交流和对话，去了解他们的内心世界，关注他们的生活方式。一句话，没有直接的经验，可以用想象力来弥补。

说到底，我们讲"以大观小"，本身就是想象力的产物。历史学家的"大"，是想象出来的；为小题目定位的大历史，也是想象的结果。我们是如何看到大的历史画面的呢？是从零零碎碎的史料中看到的，是从一本一本的史籍中看到的，是从一个一个的观点中看到的。这些东西都很支离散乱，我们是如何把它们变成一个整体的大画面的呢？这同样需要想象力。借助于想象，我们把这些分散的东西拼接起来，使它们之间产生联系，形成一个大的画面。然后，我们把自己想象成一个在高山顶上写生的画家，为我们笔下的溪流、小桥和房子找到恰当的位置。一个史家只有知识是不够的，还要有想象力，这样才能站得高、看得远。

当然，历史学家的想象离不开知识和常识，想象的运用也仅仅限于寻求解释的方向或途径；任何结论都必须基于史料和论证，而不是想象。不过，在运用史料的时候，我们有时也离不开想象力。史料往往是不随人愿的，一些重要的问题，根本找不到材料；有些问题的材料又是支离破碎的，中间有断裂，有空白。材料的缺乏给我们的研究造成了很大的困难。在史料不足的情况下，需要借助想象力来做合理的推测。陈寅恪先生关于李唐世系的推测，田余庆先生对北魏"子贵母死"的讨论，都表现出了令人惊叹的历史想象力。他们能从蛛丝马迹中看出历史的"大关节"，如果没有出众的想象力，肯定是办不到的。在没有直接证据的时候，做合理的推测，可以弥补材料的不足，或者从有限的资料中发掘出更多的信息。因此，有人把历史学家比作"侦探"，或者说他们有侦探那样的本领，能从点滴线索中推导出事情的脉络。当然，想象力的作用只限于做合理推测，引导我们去思考；推测如果不能被史料证实，就永远只是推测。如果超出了合理的限度，任意想象发挥，那就跟小说家差不多了。

此外，还要谈谈"学术史"的作用。一个学者的眼界要大，就必须站在前人的肩膀上。怎样才能站到前人的肩膀上呢？只能借助"学术史"这个梯子。研究一个题目，首先要认真了解前人做过什么，这个过程实际上就是一个增益知识的过程，是一个对这个题目的各种相关信息进行全面梳理的过程。当这些知识和信息都进入我们的脑子以后，就会进行综合和发酵，产生新的信息、新的观点，这样我们思考的质量就得到了提升。因为前人的研究所提供的各种知识和观点，可以为我们构筑一个思想的空间，在这个空间之中，我们接触的各种材料的意义，就可以比较鲜明地显现出来。另外，做学术史梳理，还能帮助我们定向。我们观察历史，要有一个大致的观察角度和方向，不能漫无目标、浮光掠影地四处乱看。前人已经做过的研究，正好可以帮我们形成方向感。因此，做不做"学术史"的"功课"，是一个关系到能不能"大"起来的重要环节。有的人不大重视这个工作，觉得这只是一个绕不过去的程序，因为老师要求这么做，刊物也规定要有这方面的内容。

谈到现在，大家可能还是有一个疑问："以大观小"，到底应该怎么做呢？很抱歉，我也提不出一用就灵的"秘诀"。不过，从常理来说，我们首先要明确"观"的对象。前面谈到，"以大观小"的目的，是要确定小题目在大历史中的位置；因此，"观"的对象实际上也有"大"和"小"之分。"小"就是我们研究的题目；"大"则是指题目四周扩展的部分，它虽然比我们的题目要大，但也有明确的边界，并且同我们的题目有直接的相关性。相关性是很重要的，也就是说，我们要同时对"大"和"小"进行观察，既要看到与"小"直接对应的"大"，又要在"大"中找到"小"的位置。

还是举一个例子吧。我听说有个学者研究美国联邦调查局对民权组织的监控，这是一个很有意思的题目，而且还比较"小"。不过，如果要弄明白这个小题目的意义，就要把它放在一个大画面中来看待。这个更大的画面是什么呢？它可以是整个民权运动，也就是把监控放在民权运动中来看，看它对民权运动有什么影响。如果把画面再扩大一点，就是美国民主政治，把监控放在美国民主政治的框架中来考察。大家知道，美国是一个民主国家，美国人享有言论自由和结社自由，享有合法竞争公共权力的自由，还有合法反对的自由，包括反对政府的权利。但是，这些自由和权利都是有限度的，一旦触及美国现行的权力体制，挑战美国的核心价值，就会受到限制和打压。联邦调查局在监控激进的民权组织时，采取了各种卑劣的手段，包括造谣、污蔑、构陷和妖魔化，说激进民权组织受共产党的操纵，拿苏联的钱，目的是败坏他们的形象，使民众与他们疏远，削弱他们的社会影响力。民权组织为了应对这些丑化和打压，必须花费人力和财力去做宣传工作，甚至要上法庭打官司，这样就不能一心一意地从事民权活动，最终导致民权组织走向衰落。可见，在美国这样的民主社会，争取民主权利的活动同样会受到民选政府的控制和打击。这不正是民主的悖论吗？可见，把联邦调查局对民权组织的监控放在美国民主这个大的画面中观察，就能提出一个很有意思的问题，有助于我们更深入地思考美国的民主政治。这就叫"以大观小"。如果不是把监控放在美国民主这个大画面中，我们就至多只能掌握一些具体的史实，这个题目的意义就没有充分发掘出来。因此，"以大观小"，不仅要站得高，眼界大，而且角度要好，对象要找得准。

另外，我们还要知道，"观"的对象有"大""小"之分，但它们的关系不是绝对的，而是互动的。我们先要严格地界定研究的题材，也就是"小"，才能知道什么是与它相关的"大"。上面提到的联邦调查局对民权组织的监控，相对说来也是一个比较大的题目，我们可以落实到对某个或某几个民权组织的监控上，并且划定一个具体的时段，这就是在对题材进行界定；然后我们再来确定大的画面究竟是整个民权运动，还是美国民主。这取决于很多因素。如果已经有人研究过监控对民权运动的影响，我们就要考虑另辟蹊径；如果我们没有能力把握美国民主这样大的画面，就不妨试一试其他的路子，比如说从现代国家权力的膨胀来看监控的意义。当我们明确了什么是大画面以后，我们就可以从大画面着眼来反观小题材，并对它加以重新界定，做更深的开掘。在这种"大"与"小"的互动中，我们对题目的理解就越来越清晰了。

接下来谈第二句话："小题大做。"这个词很常见，但意思却经过了多次转化。明清的科举命题，取自四书的叫做"小题"，取自五经的叫做"大题"；用做"大题"的方式来对待"小题"，叫做"小题大做"。这是这个词的原意。后来它演化成了一个贬义词，指拿小事情做文章，故意挑起事端，造成不好的影响。我在这里采取的是第三种用法，"小题"和"大做"的意思全都变了："小题"是指前面反复提到的小题目；"大做"是指花大气力、下极深的功夫来做好小题目。胡适称赞顾炎武的学风，说他肯花极大的精力、用丰富的材料来研究小题目，这就是"小题大做"。可见，"小题大做"的理念来自于胡适。当然，后来其他的学者也讲过类似的话。

"小题大做"的道理不必多讲，关键是怎样才能做到"小题大做"。美国历史学家塞缪尔·莫里森说过，无论你研究什么题目，都要调动你生活中的全部经验和智慧；研究中国思想史的美国历史学家史华慈也说，一个人的学养越深厚，教育背景越宽阔，他就越有可能调动自己的一切知识和智慧来对待他所研究的题目。这些话所讲的是同样的道理，就是要"小题大做"。题目虽小，但投入要多。投入到一个小题目中的东西，包括思想、知识、智慧和精力，也包括情感。就像清代学者王鸣盛，脑子里整天装着自己研究的题目，苦思冥想，翻来覆去；有时睡在床上，忽然有了想法，就马上爬起来把它记下来，鸟儿在天上飞，鱼儿在水面跳，都没有他那么快。这种对学问的痴迷，可以说是"小题大做"的前提。小题小做，舍不得下大功夫，不肯用大智慧，小题目就永远成不了大文章。这话听起来有点玄，因为很难找到一个明确的标准来衡量做到什么程度才算是"大做"。其实，在研究一个小问题时，我们自己心里是最清楚的，是不是在朝思暮想、殚精竭虑，是不是调动了全部的智慧和精力。

不过，有一个指标是可以确定的，那就是占有史料的多少。做一个小题目，即便是一个很小的题目，也有很多相关的材料；是不是竭尽所能地去发掘材料，就能说明把"小题""大做"到了什么程度。陈垣先生谈收集史料，有一句名言，叫做"竭泽而渔"。他自己写文章，抄录的材料摞起来有几尺高，而写出的文章只有几千字或几万字。这是典型的"小题大做"。我们今天研究古代史，做到"竭泽而渔"并不难，因为材料相对有限，即使有新的考古发现，也能及时地跟踪。但是，越往现代材料越多，别说"竭泽而渔",就是随便撒一网,捞到的鱼也很多。特别是我们今天留给将来的历史学家的史料,更是多得不得了,各种形式、各种载体的史料都有。后人研究我们今天的历史,要做到"竭泽而渔",简直就是"痴人说梦"。所以,我说的是要尽可能广博地占有史料。美国历史学家伯纳德·贝林的学问很好,有一个人采访时问他:你研究一个问题,到什么时候才觉得材料完备了呢?贝林回答说,他有一个判断的标准,一旦感到再也没有什么有意义的东西了,他就在材料收集方面收手了。

不过,占有材料再广博,最终也是有限度的,而且还会受到各种条件的制约。比如说,能不能接触到很多的材料?是不是有足够的时间?但不管怎么说,研究一个题目,如果不能掌握与课题密切相关的核心史料,最好就不要再做下去了。什么叫做"核心史料"?就是离开了它,研究的东西就会变得毫无价值。以美国制宪史的研究为例,核心史料就是麦迪逊的制宪会议记录,最好是用麦克斯·法兰德编的本子;还有各州批准宪法的辩论,联邦主义者的文章,反联邦主义者的文章。梅里尔·詹森等人编了一套二十几卷的各州批准宪法的史料集成,也是核心史料。如果没有看到这些材料,那就不要去写关于制宪史的文章。我们念研究生的时候,这些材料确实看不到;但今天的情况大不一样了,许多材料上网就能找到。现在如果还说没有材料看,就只能说明自己偷懒,舍不得下功夫。

所谓"小题大做",仅仅获得了充足的材料是不够的,还要把材料看懂看透,并且把它们用好。材料要经过考辨和解读,才会产生价值。如何来考辨和解读材料呢？首先是要争取通读核心史料。这听起来是一个笨办法，但笨办法能产生意想不到的好效果。因为通读史料和找材料是完全不一样的。找材料的目的性很强，只注意那些直接相关的东西，很多好材料会从眼皮底下溜掉。有些材料看似不相关，但有助于我们看问题，促使我们对题目进行新的思考。另外，其他材料积累得较多时，还会派生出新的题目。而且，采用这个笨办法并不容易，必须要有一份稳定的工作，不用为生计发愁，也不必一年发好几篇文章；只有这样，才能不紧不慢地做研究，从容悠游地通读重要的史料。现在，研究生不仅要写学位论文，还要发表"资格论文"，等到把材料通读完了，也就该毕业了。所以，通读材料是最理想的做法，但要根据具体情况来考虑它的适用性。

如何有效地处理收集到的材料，前人留下了一些有启发性的办法，其中司马光等人编《资治通鉴》时用的"长编法"和"考异法"，是可以借鉴的。他们把搜集的材料排列在一起，弄出一个很长、很详细的初稿，然后删繁就简，形成定稿。我们今天也可以效法这种做法，根据基本的思路和写作的意向，把搜集到的材料排列起来，形成一个资料长编，然后再反复地看这些资料，找出它们之间的联系，把最集中的问题提炼出来，这样文章就大体成形了。第二个办法叫"考异法"，把不同的记载排在一起，推敲哪一种最可靠、最可信。这种办法对我们今天也很有用，因为史料中的歧异总是存在的，比如一场战役，军官的回忆、士兵的日记以及指挥部的文件，所提供的情况可能出入很大；我们不妨把这些不同的说法排列起来，以判断其中的异同，选取那些最有说服力的记载。

广泛地占有材料，深入地解读材料，这还不够；我们还要尽一切可能穷尽所掌握的材料的价值，最大限度地发掘课题的意义，这也是"小题大做"的要求。同样的材料，下的功夫不一样，采取的视角不一样，研究者的学养和见识不一样，写出来的文章可能会相差很远。还是用做菜来打比方：原料相同，配料也相同，但烹饪的手艺不一样，做出的菜在味道上肯定有高下之别，甚至可能是完全不同的菜。有些同学在写文章时，确实找到了很多很好的材料，但没有把这些材料的潜力充分发掘起来，也就是没有用好材料，写出的文章最多是差强人意。

在这方面，我想讲一点个人的粗浅体会。我近来一直在考虑美国革命时期"人民"的概念。这个题目不大不小，并不好处理。美国的建国先辈口口声声在说"人民"，时时处处在谈"人民"，但是这个"人民"究竟是谁呢？解答这个问题，可以有多种路子，例如，梳理这个时期关于"人民"的定义，把各种界定罗列出来，看看哪一种认识是通行的，不同的人在不同的情况下是如何看待"人民"的。这样做也能写出一篇有价值的文章。但我觉得这样做最多只能提供一些关于建国时期的"人民"定义的知识。是不是还有更好的路子呢？我想到，美国的建国先辈本来想建立一个共和国，但最后他们却把这个共和国说成是一种新型民主，对同一种政体做了不同的诠释，这与他们对"人民"的认识有没有关联呢？我通过阅读各种材料，发现美国人在建立共和政体时，遇到了一个很大的问题：在古代，共和国的地理范围都不大，"人民"直接参与公共事务；但是，对一个像美国这么大的国家来说，历史上很少是用共和制来治理的，如果美国人一定要采用共和制，怎么理解"人民"在共和国的地位和作用呢？于是，他们就不得不重新界定"人民"，使"人民"在共和国不必亲自去参与决策。最后他们意外而惊喜地发现，通过重新界定"人民"，把"人民"排除在实际政治决策之外，竟然是一条很合理、很可取的途径，能够满足他们对共和政体的种种期待。他们把这种不必由"人民"亲自出场的共和政体，叫做"代表制民主"。由此可见，"人民"的定义与美国早期的国家构建有着密切的联系。这样一来，这个题目的价值就得到了提升，比单纯讨论"人民"的定义更有意义。它不只是提供了一些关于"人民"定义的知识，而且让读者了解到美国人建国的思想逻辑。

最后来讲第三句话："因小见大。"这几个字很重要，说出了研究小题目的目的和意义。我们为什么要强调做好小题目呢？当然不是为"小"而"小"，而是要"因小见大"，也就是通过对小题目的钻研，能够让我们看到更大的历史画面，把小题材与大历史联系起来。我们写一篇论文，不能停留于就事论事，不能把一件事从头到尾写出来就了事。章学诚说，写史不能满足于"事具始末，文成规矩"，而要追求微言大义，也就是阐释历史的意义。只有这样才能达到治史的高境界。对于一篇论文来说，只有做到了"因小见大"，文章才有了灵魂。我们写一篇文章，别人看了以后说："哦，是这么回事呀。"这意味着文章只是提供了一些知识，让别人明白了一些东西。这是不够的。一篇好文章，应该让人看了以后发出惊叹："唷，这个问题还可以这样看呀，我怎么就没有想到呢？"这说明文章给人带来了一种"思想的冲击"，促使或引导别人去思考。这就是"因小见大"的意义所在。

最近，美国历史学家纳塔莉·戴维斯的《马丁·盖尔归来》出了一个中文版。它讲述的是一个很小的故事：在中世纪晚期法国的一个小村子里，有一个小青年结婚后不几年突然失踪了；又过了几年，有个自称是马丁·盖尔的人回来了，并且被这个家庭和村民所接纳；后来，因为财产纠纷，马丁·盖尔被他的叔叔告上了法庭，说他是个冒牌货；法庭进行了取证和审理，几乎就要判被告胜诉，这时真马丁·盖尔露面了，整个故事的结局随之发生了逆转。这个故事听起来很离奇，但并不是什么重大的历史事件。那么，这个小故事到底有什么意义呢？在中世纪的法国农村，人们怎么看待婚姻，怎样处理人际关系，如何对待个人身份，怎样对待个人声誉，这些问题都涉及对当时整个社会的了解和认识。通过这样一个故事，我们看到了当时法国乡间居民生活的画面。这无疑是"因小见大"的一个成功的例子。

再举一个例子。哈佛大学教授斯蒂芬·瑟恩斯特罗姆写了一本书，叫做《贫困与进步》，讲的是马萨诸塞一个小城市在19世纪几十年里的社会流动。他为什么要研究这样一个小城市呢？他是想通过这个小城市的社会流动来反映一个很大的问题。过去人们通常认为，19世纪的美国是一个"机会之乡""希望之乡"，任何一个人只要勤劳肯干，就能够聚集财富，实现个人的梦想。但瑟恩斯特罗姆通过研究这个小城市几十年的变化，发现一个人地位的变化，受到很多不确定因素的制约，下层人要改善处境并不容易，所谓遍地机会的"希望之乡"，基本上是一个神话。通过对这个小城市的研究，让我们加深了对19世纪美国社会的认识。这也是一个"因小见大"的范例。

要做到"因小见大"，最理想的路径是"入口小、出口大"。所谓"入口小"，就是切入点很小；"出口大"，就是观照的问题大。就好比一个旅游者，从一个狭窄的山洞进入，到达出口时，却看到了一片开阔而美好的景色。这就叫"别有洞天"。我从前有个同事，在哈佛大学拿到博士学位，他的博士论文题目叫《中国与大战》，由剑桥大学出版社出版。这本书就是一个"入口小、出口大"的例子。他的切入点很小：中国参加第一次世界大战，究竟是被拖进去的，还是主动参战的？这是一个很具体的问题。他通过研究发现，中国并不是受各种形势裹挟而勉强参战的，各界人士促成中国主动参战，并且选择了站在协约国一方。中国从1840年以后一直被动挨打，中国同外国谈判，结果不是割地，就是赔款，甚至是又割地又赔款。一战结束后，中国以战胜国的身份出席和会，参加谈判，这是一件意义重大的事情。从中国参战到出席和会，表明中国在努力寻找自己的"国家身份"，体现了一种"国际化"的取向。另一方面，过去我们一直认为，一战是一场基督教世界的厮杀，是一场帝国主义战争；但是，既然这场战争对中国这样的边缘国家也有这么大的意义，这说明它并不仅仅是一场基督教国家之间的战争，也不仅仅是一场帝国主义战争，而是一场真正意义上的"世界大战"。这样一来，对于一战的世界历史内涵就需要重新界定，其结果是使我们对这场战争的意义有了全新的认识。可见，他从一个很小的入口进入这个题目，结果是提出了一个具有重大意义的解释框架。这不正是"因小见大"的要义吗？

　　前面谈到，文章要有灵魂。这个"灵魂"是什么呢？就是问题意识。问题意识关系到思考的方向、思想的深度，并且影响到文章的质量。一个常见的题材，如果带着不同的问题意识来考察，就会呈现很不一样的意义。举例来说，关于美国革命的起源，美国学者有各式各样的解释，有人注重英国的经济政策，有人强调殖民地在政治上的成长，有人研究海上贸易条例和关税，也有人说是"天命"使然。可是，伯纳德·贝林在20世纪60年代中期产生了不同的想法：上面所有的这些研究，都是从外部来解释革命的起因，如果看一看革命者自己如何解释革命的原因，会有什么样的发现呢？这看起来是一个很不起眼的问题，却完全改变了研究革命起源的方向。贝林通过研究发现，美国革命的思想渊源并不是以前所说的启蒙思想（主要是洛克的理论），而是共和主义，也就是17、18世纪英国政治反对派的思想。这种问题意识还引起了一系列连锁反应。其他学者接着他的思路来做研究，发现美国革命者认识他们身边的世界，思考建国的道路，甚至看待建国初期的政治斗争，用的都是共和主义这面透镜，而不是洛克式的自由主义。这样就等于改写了1764—1800年的美国历史。看起来只是提出了一个不同的小问题，结果却引发了一场"史学革命"。所以说，这是一种非常新颖的、"具有尖锐想象力"的问题意识。

一个问题是不是有新意，能不能产生成果，关键要看它是不是增加了思考的维度，能不能引领思考的新方向。一般说来，我们研究一个题目，不是加入一场已经发生的讨论，就是要挑起一场新的讨论，所以一定要找准"问题域"。也就是说，研究的问题必须来自于一个特定的讨论范围，要有一个明确的立论对象。我认识一个同学，他研究内战后美国南部的借贷制度，他想把它与美国农业的发展道路联系起来。这是一种很可贵的问题意识。大家知道，列宁有一个著名的论断，说美国农业发展走的是一条"美国式的道路"；但实际上，美国南部农业的发展走的并不是"美国式道路"，而是更像"普鲁士道路"。这里就产生了一个很有意思的问题。可是，我们在界定这个问题时，如果把讨论的对象确定为列宁的论断，或者把这个问题放在美国学者的南部农业史研究中，那就把"问题域"搞错了。应当如何设定"问题域"呢？我们首先要看谁在讨论这个问题。列宁只是从理论概括的角度提出了这个问题；而美国学者则很少关注这样的问题。只有苏联和中国的学者，在用列宁的理论来解释美国农业资本主义的发展时，才遇到了前面提到的问题。所以，研究这个问题的立论对象，只能是苏联和中国学者关于美国农业发展道路的讨论。

相对说来，要提出一个引起讨论的新问题，难度更大；如果能从看起来不是问题的地方发现问题，也可以写出很有价值的文章。国内有个学者研究美国南部奴隶主与内战的关系，他要解决的问题似乎很简单，就是南部究竟是怎么被打败的。这个问题看起来早就有了答案：南部是被联邦军队打败的，是被林肯领导的联邦政府打败的，是被工业发达、经济实力强盛的北部打败的，在某种意义上还是被黑奴打败的。但是，我们这位学者通过对许多原始材料的解读，有了一个新的发现：南部在一定程度上是被自己打败的。于是，一个老问题就产生了新的意义。他的解释是，南部发动内战的目的在于维护奴隶制，但南部为打赢战争所采用的每个手段，都直接损害了奴隶制；也就是说，手段与目的是直接矛盾的。比方说，青壮年都参军打仗去了，种植园只能由老人和妇女来管理，结果许多奴隶逃跑了；后来，种植园的生产几乎陷入瘫痪，居民的吃喝都成了问题，怎能保证战争物资的供给？到最后，南部已经没有资源来支持战争了，南部人的战争意志也就崩溃了，战争的结局就是不言而喻的。从这种意义上说，南部是被自己打败的。可见，这篇论文的观点比较有新意，丰富了我们对内战的认识。如果这位作者只是叙述南部奴隶主如何发动战争，如何进行战争，战争又对他们产生了什么影响，而不是针对南部为什么失败这个问题来立论，他的论文的价值就会大打折扣。

不过，"因小见大"是有一定限度的。小题目终归是"小"的，不能任意放大，更不能用"小"代替"大"。"小"有助于我们认识"大"，但它本身并不是"大"，不能把"小"当成"大"。只有很多的小景物连接起来，才能构成一个大画面。所以，我们提倡做小题目的真正用意，是希望每个人在某一点上、在某几个问题上钻研得很深、很透彻。全国有那么多人在做研究，把这些研究得很透的点集中起来，就能组成一幅丰富而细腻的历史画面，就能极大地丰富我们对历史的认识。不过说到底，小题目是有它的限度和局限的，我们强调"因小见大"，但要警惕过度阐释，避免无限发挥，不能以偏概全。

前面讲了这十二个字，总的意思就是想说明，我们一方面要认真踏实地钻研小题目，一方面要深入透彻地思考大问题，要把朴实专深的研究与开阔洞彻的思想结合起来，做到专精与博通的平衡。这样做出来的学问，才是有价值的学问，才是好的学问。

学问的确有好坏之分。什么是好的学问呢？章太炎在谈论国学时说过一段很有意思的话，大意是，研究国学，必须深入钻研，苦思冥想，把那些隐晦曲折、为人所忽略的地方都发掘出来；写的每一个字都要有证据，不能说空话；说的每一句都应该是自己的研究所得，而不是别人说过的东西。这样的学问，才是好的学问。当然，做到"字字征实、不蹈空言"还是有可能的，而"语语心得、不因成说"则几乎是遥不可及的，因为我们研究任何一个题目，都要面对许多前人已经取得的研究成果，没有人敢讲每一句都是别人没有说过的。

至于"坏的学问"，借用清代学者潘耒的话来说，叫做"俗儒之学"。潘耒说的"俗儒之学"，就是文章写得华丽绚烂，但华而不实，讲的是老掉牙的东西，既没有新材料，也没有新观点；或者说的话很玄虚，可是追究起来却没有什么根据，还把别人讲过的话当作自己的发明。这就是坏的学问，也就是章学诚所说的

"横通"之学,以道听途说、高谈阔论为能事,并没有什么实质性的内容。所以,我们千万不能落入这种窠臼,要努力做朴实的学问、踏实的学问,这样才能对史学的进步有所推动,为思想和知识的增益做出贡献。

(2012年据讲座记录整理)

学品、读书与成才

历史的生命来自历史学家的讲述和阐释。要使已逝的往昔"活"起来，治史者首先必须在精神上和前人沟通，要能理解永远消失的时空中的人及其思想和生活，要以渊博的知识、阔大的情怀、丰富的想象和超常的悟性来打通过去和现在。职是之故，史家成才的道路比较漫长，专业训练相当艰苦和困难。他不仅要接受治史方法的训练，更要具备高尚的学品，积累深厚的学养，形成特殊的史家气质。

学界前辈有言，好的学者，贵在知学问之深浅。要知学问之深浅，在很大程度上取决于学品的高下。史学所求不在于"立竿见影"的实用，史学人才在社会上的需求也不大，大抵类似于"学术贵族"。既为"贵族"，自然需要具有某种"高贵"的气质。一般说来，这种气质来自于求知好智的热忱，敏锐清雅的眼力，纯正朴实的学风，以及不为外风所动的定力。古人所谓"为己之学"或"无益之事",庶几近之。"为己"并非远离现实,在"象牙塔"中以学问自娱。"无益"也并非排斥致用,而是反对以俗世关切绑架学术。学而能用,当然是极好的事。然而"学以致用",关键在于学,无学何以言用?与其在追问学有何用中虚耗时光,不如致力于学,先耕耘,再考虑收获的问题。治学如绘画,动机愈纯,境界愈高,作品的价值就愈大;心里总是记挂着拍卖行情,可能难以成为一个大画家。

史学的要义在于人文性,而人文尤重传统,强调向典范学习。导师不仅要帮助学生明了何为真正的典范,更要以身作则,用自己的研究及学风来激励、启发和熏染学生。导师没有高远的学术境界,就不可能引导学生做宏大的学术追求。我在南开的几位业师,向来身教重于言教;他们垂范于前,学生自然不敢不时时鞭策自己,极力向往和追求高妙的学问境界。

史家成才,贵在读书。陈寅恪说,"士之读书治学,盖将以脱心志于俗谛之桎梏,真理因得以发扬"。读书一要得法,二要选好书目。研究生初入门径,需要在老师的指引下养成良好的读书习惯。在这个学术越来越专业化的时代,学者读书的通病,在于仅只专注于某个专题或领域,心无旁骛,急功近利,缺乏系统性和长远的考虑。有的学生知识面不宽,知识结构老化,其论文在选题、思路、论证和论点上,都存在由此造成的种种局限。学者要陶冶性情、增广见闻和提升学品,除接触专业读物之外,更须钻研中外经典,多读反映知识和思想前沿的书籍。史家所必备的知识、情怀和悟性,通常来自于读书,因之要做一个史家,首先要成为一个爱读书和会读书的人。

对学生进行治学方法的训练,历来被视为导师的重要责任,即所谓"授人以渔"。不过,这个"渔"字,在治史时并非限于考订史料、解析史实和撰写论著的技巧,还包含更为系统和多样的方法与规范。举凡论题的选择和界定,研究路径的选取,讨论方式的确定,解释框架的建构以及分析或阐释工具的运用,都决定论著的质量和价值。然则传授这些方法和规范的最佳场合,通常不是讲解方法论的课堂。学生要在导师的引导下进行研究和写作,多做尝试,反复揣摩,这对于熟悉和掌握研究方法与规范更具意义。学生在读书过程中产生疑问,逐渐积累资料,一旦有心得,便不妨动手写成文章。导师再对学生的习作加以修改和评点,这种训练更有针对性和现场感。如果举办"习作研讨沙龙",师生共同就某篇文章进行"学术会诊",也许能收到更好的效果。

总之,培养出色的史学人才,是一项综合性很强的工作,从社会到学校、从导师到学生,需要协同努力。目前研究生教育中普遍存在的学制和选材等问题,牵涉的因素很多,诚非导师所能支配,但是,导师在其他方面则有发挥作用的广阔空间。作为导师,首先需要在学生身上投放较多的心力;只有做到这一点,上面所提出的设想才有实际的意义。

(2005年为《南开周报》而作)

射人又放一枝春

专业史学与业余史学有许多的不同,其中最显著的地方是,前者有严格的学术标准,有成形的研究范式,有专业的共同体。就较早完成专业化的欧美史学而言,从学术标准的培育,到研究范式的转变,再到专业共同体的形成和维系,都离不开专门的学术评论。布罗代尔曾说,"历史学的精神在根本上是批判的"。据我理解,这种批判精神不仅体现为对社会流行的历史记忆的批判,以及在具体研究中对史料和前人学说的审查,而且也应包括对史学新进展的即时评论。

最早出现于欧美史学界的专业杂志,诸如1876年创刊的法国《历史评论》,1884年创刊的《意大利历史评论》,1886年创刊的《英国历史评论》,以及1895年创刊的《美国历史评论》,刊名中均有"评论"二字。我想,这或许不是偶然的巧合,似乎表明了这些刊物创办者的办刊旨趣。这就是,它们不仅刊登专题的研究论文,而且要对专业领域的进展和问题展开讨论。这说明欧美早期的专业史学家具备学科自主意识,抱有推动学科发展的批判精神。的确,我们在这些刊物上不仅能读到专题论文,更能接触大量的书评。这些书评不仅提供新书的信息,更重要的是对这些论著的学术价值和意义加以评估。此外,这些刊物还时常组织圆桌讨论,围绕特定的前沿问题进行富于启发性的评议。

1973年,美国历史学家还创办了一种专门的史学评论刊物,叫做《美国史学评论》(*Reviews in American History*),美国知名史家斯坦利·卡茨和斯坦利·科特勒先后担任过主编。这本刊物的宗旨是追踪史学前沿进展,为美国史家提供最新的学术信息;每期刊登20篇左右的新书评论,间或发表回顾和讨论史学趋向的专文,也就是对"里程碑式的著作"进行"回顾性"批评。这些评论文章不同于其他史学杂志上的短评,而是带有研究性的"深度评论",篇幅更大,学术含量也更高。

从欧美史学界的经验可以看出,史学刊物重视学术评论,对于推动学术标准的成熟和专业共同体的建设,起到了不可或缺的作用。我一直很爱读欧美史学刊物上的评论文章,也经常建议国内史学刊物加大评论的力度。现在,我们终于有了一份专门的史学评论杂志,这真是一件十分可喜的事。《历史学评论》的《创刊词》谈到,中国史学界的学术评论历来不够发达,其中既有远源,也有近因。而摆在我们面前的这本年刊,则勇于冲破藩篱,大力开拓生荒,为中国史学增添新的气象,着实令人振奋。

我们看到的这本创刊号，油墨尚新，清雅朴实，令人爱不释手。既是创刊号，说明它还只是一个呱呱坠地的新生儿，除了需要编辑人员的细心照料和培育之外，还离不开史学同仁的共同爱护和支持。《创刊词》不仅表达了办刊的宗旨，更展示了带动中国史学评论风气的雄心，让人油然而生敬佩之意。这一期设置的栏目和刊登的文章，的确体现了编者设定的办刊方向，较之前面提到的《美国史学评论》，在栏目和内容上更具多样性。我想，在第一炮打响后，接下来一定会有更多的精彩，栏目会更趋合理，文章会更有新意和深度。

刊物的活力在于文章，要有符合刊物风格的好文章。美国史学向来十分"热闹"，新取向、新范式、新学派层出不穷，这固然是美国史家热衷于"趋新求变"的结果，同时也得益于美国史学界善于对新进展加以"概念化"。中国史学在20世纪有巨大的变化，最近三十多年里更是"日新月异"。例如，社会史和文化史的兴起，近现代史研究的转型，外国史研究的学术性的提升，都是近期中国史学的重大进展。可是，对于这些新进展和新取向的总结、概括和提炼，却远远落后于具体的研究实践。这固然与中国史家缺少学术批评的冲动有关，而专业刊物未能着力加以组织和推动，恐怕也是一个重要的原因。

《历史学评论》的问世，释放了一个良好的信号，显示了新的希望和新的可能。它往后可能还会遇到许多"困难"和"挑战"，长期难以摆脱《创刊词》里提到的四个掣肘因素的纠缠。

不过，既然办刊人员意识到了这些问题，相信就一定能找出对策，克服阻力，把刊物办得好上加好，使之成为中国史学评论的领跑者。

（2014年1月为《历史学评论》创刊所写贺词）

审视中国学术的第三个维度

我们讨论当代学术与传统学术的关系,实际上是要从当代学术的角度来审视传统学术,也要从传统学术的角度来思考当代学术。不过,如果要更透彻地理解我们当前的关切,似乎还应增加一个维度,这就是国际学术。只有在当代学术、传统学术和国际学术的三维空间中,我们的眼光才会更加清晰。

实际上,自"西学东渐"以来,每一个时代的学者在思考当前的学术时,都离不开这种三维空间。胡适、陈寅恪、傅斯年这些留学归来的学者,早年受了很好的传统学术的熏陶,通过出洋又熟悉西学,回国后探索自己的学术出路,很自然地会把自己的思考置于这种三维空间中。即使是本土成长起来的学者,如陈垣、顾颉刚和吕思勉等人,也往往参照西学来观察和评论当时的国内学术。我们今天所面临的问题,与20世纪前期固然不完全一样,但并不是一点关系也没有。

我们需要取法于传统学术的地方很多，但当前更迫切的问题，似乎是如何使中国学术真正成为国际学术潮流的一部分。我们说到"国际接轨"，总感到是一个沉重的话题，因为"轨"早就在那里，是欧美学术界铺设的，我们只有老老实实去"接"。不过，中国学术要摆脱自说自话、闭门造车的状况，"接轨"又是一个避免不了的过程。"接轨"牵涉民族自尊、学术权力和话语方式，也涵盖技术性的规范和程序。前面几点涉及的问题比较复杂，我也是"卑之无甚高论"；至于技术方面的事，我觉得倒是可以先着手来解决的。

先说一件看似简单的事，就是论著后面通常要附一个参考书目；可是这个书目如何排列，大家却有不同的做法。有人主张按照所引用论著的重要性来排列。但问题是，"重要性"完全是主观的和个体的标准，作者认为重要的，读者不一定了解，也不一定认同，以致查找和核对很不方便。可见，他还没有弄清楚参考书目的作用。参考书目是作者与读者的一个"契约"，是作者向读者保证他看过这些书，用了这些材料，有需要的读者可以去查考。国际学术界通行的办法是，英文（也包括其他西文语种）书目按作者姓氏字母顺序排列；中文书目则以作者姓氏拼音字母为序，也可按作者姓氏笔画排列。总之，要有一个大家都了解、都遵循的规则，便于检索和稽核，这样参考书目才能发挥应有的作用。

另一个技术性问题，涉及文章的长短。我们的期刊论文，短的一篇五六千字，长的也不过一万来字，实际上只是加长的"论文摘要"。按照研究规范，一篇论文要先介绍论题的学术史，可是文章篇幅太短，学术史刚开个头，全文就该收尾了。一篇论文，要真正把问题讨论清楚，没有充分的篇幅是不可能的。当然，"环肥燕瘦"，有话则长，无话则短，硬抻篇幅也不好。但是，正规的期刊论文确实要有两三万字的篇幅，才可能讲出一点有价值的东西。国内期刊发表的论文在数量上可谓高产，一个人发表的论文，随便就是几十篇，甚至几百篇。我查过一些美国大牌学者的著述情况，有的一辈子发表的期刊论文不过几篇，多的也就是十来篇。我们的成名学者可以少发一点文章，把刊物的篇幅让出来，让正在成长的年轻学者多发一点；同时，我们的刊物也可以一期少登几篇，使文章的篇幅长一点。《历史研究》《清华学报》和《史学月刊》都登长文章，这个头带得好，令人欣喜。篇数少一点，篇幅长一点，大家发表的数量减少了，数字化管理的市场也可能会缩小。

我还想谈谈匿名审稿的事。这是个老问题，但长期没有解决好。过去做这件事有难度，因为稿件通过邮局寄来寄去，很费事；现在有电子版，用电子邮件，就方便多了。至于审稿费，我想，知名的学者哪里会在乎这点钱呢。按照美国学术界的惯例，杂志社找一个人审稿，那是一种信任和荣誉，一般是不给报酬的。他们有一套成熟的操作方式和伦理，我们是可以学的。不把匿名审稿制度建立起来，学术质量难以保证，抄袭和剽窃总是事后才被揭发出来，于是就变成了丑闻，损害刊物的声誉，也毁坏作者的前程。匿名审稿固然不能消除学术舞弊，但肯定可以减少一些。这样一来,我们的学术界不就能干净一点、平静一点吗?

上面说的都是一些小事,但在中国学术发展中却属于基础性的工作,不把它们做好,我们学术的前景如何,还真是很让人担心。

(2009年5月据会议发言整理)

自律的学术共同体与合理的学术评价

做一个职业学者并不是一件轻松的事，无论得学位，发文章，拿课题，升职位，以及获得头衔和荣誉，都需要经过重重评审。我们都有被评价的时候，也有评价别人的机会。学术评价时刻发生在我们身边，构成我们学术生涯的重要内容。可是，据我所知，不少学者并不喜欢学术评价，甚至怀疑它的实际意义。常听人说："被人评很痛苦，评别人更痛苦。"这话表明，我们离不开学术评价，可是又难以愉快地接受它。这就引出了一个十分有趣的问题：学术评价何以会沦落到"鸡肋"的地步呢？

古人论学，有"藏之名山，俟诸后世"的说法。中国传统学术中长期没有形成系统的评价机制，一部论著的价值，一个学者的地位，大抵取决于同行的"口碑"。良好的"口碑"固然同一定的学术标准相关，但毕竟带有"模糊识别"的性质。而且，人缘、师承和利益，往往对"口碑"产生某种说不清楚的支配性影响。以"口碑"来评价学术,这种风气一直延续到今天。我们经常会碰到两种反差鲜明的情况:有的学者论著数量不多,书评很少,引用率不高,也几乎没有得过奖,但是在同行中间"口碑"甚好,被公认为学界的重要人物;有的学者著述丰赡,书评很多,经常得奖,各种头衔也有一长串,可是在学界却没有什么"口碑",也谈不上什么学术地位。

我们不得不承认,系统而严格的学术评价,从理念到制度,再到操作方式,都起源于欧美。欧美现代学术重视即时的发表,离开了发表学术成果的机制和载体,譬如学术会议、专业刊物和出版机构,就几乎无从谈及学术。公开发表的目的,是要让学术成果为同行所了解,供同行来评价,并给同行的新研究充当继承或超越的对象,从而形成一个知识和思想生产的良性循环。因此,学术评价的本来意义,在于评判学术的进展,鉴别学者的贡献,规范学术行为,激发学者的创造力,以达到推动学术发展的目的。从这个意义上说,没有学术评价,就谈不上真正的学术。另外,对于学者个人来说,学术评价与职位升迁、工作报酬、专业声望和学术地位息息相关;对于一个以学术为主要事务的机构来说,学术评价则关乎它在本行业中的声誉和竞争力。

学术评价的意义如此重要,在中国何以会蜕变到反面,成为众口一词加以诟病的对象呢?这肯定是因为其中发生了偏向,产生了流弊。最近十多年来,相关的讨论文章不时见诸报刊和网络,其数量可以百计。论者几乎异口同声地声讨现行学术评价的制度和方式,认为存在若干严重的弊端:一曰"行政主导";二曰"过度量化";三曰"以刊评文"。另外，还有文科学者抱怨说，管理部门普遍采用理工科的模式，片面强调引用率和影响因子，而不顾及文科的特性，违背了人文社会科学研究的"规律"。进而言之，由于学术评价的不合理，以致学术界流弊丛生，丑闻不断，浮躁成风，严重损害了学者的声誉，也阻碍了学术的进步。

为什么学术评价在引进到中国后，其功能和意义会发生这样的"异化"呢？

多数论者把责任推到了制度和方式上面。他们认为，学术评价本身是必要的，但是制度和方式不好，以致为祸不浅。基于这种判断，他们提出了技术主义路径的解决方案：推行"代表作制度"，采用定性与定量相结合的评价方式，或者是"同行评议加适度量化"。还有人提出，要建立合理的期刊体系和标准，使"以刊评文"具备合理性和可操作性。

但是，问题真的是单纯出在制度和方式上面吗？仅仅是调整制度，改变方式，就能革除学术评价中的流弊，使之成为有利于中国学术发展的机制吗？如果我们从社会和文化的视角来看问题，就可能发现事情的另一面。任何本身良好的制度和方式，在特定的社会环境中，由文化特性不同的人来操作，就可能产生完全不同的效果。

目前我们在学术评价方面实行的机制和方法，其实都是从欧美引进或仿效而来的。这些起源于欧美并且长期行之有效的东西，却在中国发生了变异，甚至是"异化"。其中"异化"最明显、危害最严重的，莫过于"同行评议"（peer review）。三百多年前，英国人发明了同行评议的办法，以评判科学文献的价值；后来经许多代人的发展和完善，逐渐运用于论著发表前的评审、论著发表后的评价、学位论文的评审、课题立项和结项的评审，以及学术奖励的评审，成了学术评价的基本方式。中国在什么时候引入同行评议，我并不清楚；但对它近年来所产生的变异和危害，却也有些亲身的观察和体会。

我觉得，促使同行评议发生变异的第一个因素，在于权力部门的过度介入。许多由政府机构控制的评审项目，无论立项还是奖励，举凡专家的遴选，评议对象的选定，评议程序的安排，评议结果的确定、公布和利用，全由管理部门一手操控。诚然，管理部门通常组建专家库，采用随机抽取的方式确定评审专家。但是，这个专家库究竟如何产生，专家名单如何敲定，评议人是否回避，这类问题并不明确；对于评审的方式和程序，参评的专家并没有发言权；评审的计票，结果的产生，专家通常也不知晓。现在，越来越多的刊物也采取同行评议的办法，对论文做发表前的鉴定。但是，在专家的选择、评议的方式、评议结果的运用等环节，刊物的负责人和编辑人员掌握着决定权。有时，经几位评议人同时否决的某篇文章，最终仍能见刊。还有刊物自设学术以外的各种内部标准，或者采用"一票否决"，把同行专家的评议置于次要，甚至是无关紧要的位置。

扭曲同行评议的第二个因素或许是人情。我们常说中国是个"人情社会"，表面的"温情脉脉"，让人模糊是非，放弃标准；

学术问题的"人情化",则使学术评价成为报答友情、维持脸面或打击对手的手段。在官方主导的评审中,往往强调政策倾斜,特别照顾某些类别的人群或地区,这实际是一种官方"人情"。在学者方面,基于师承、同学以及利益交换而形成的"人情",在学术评价中更具有一边倒的影响力。同"人情"相联系的是金钱。说项,请客,送礼,以达到影响评议结果的目的,这早已是学术界的积习。一旦有学术评审的事由,评议人总会接到许多电话、短信和电子邮件,总会遇到来自各种渠道的请托。虽然也有匿名的机制,但是评议人从论题、风格和论证的内容,都不难猜出其作者。有时,评议人考虑到被评者的切身利益和处境,就以"放人一条生路"为托词,堂而皇之地枉顾学术标准。在会议评审时,参会者相互达成利益交换的默契,不考虑学术因素,心照不宣地瓜分利益,这也几乎成了惯例。即便是正直的人,也因为不愿得罪其他参会者而违心地从众投票。书评作为同行评议的主要形式,更是"人情"泛滥的重灾区。许多书评乃是请托的产物,有人甚至自己草拟对自己著作的评论,以别人的名义发表。不难想见,这些由"人情"所主宰的同行评议,怎么会看重学术标准,怎么能体现公正呢?"中国式人情"的强大力量,就这样把同行评议变成了学术舞弊的遮羞布。

败坏同行评议的第三个因素,可以说是学术标准的缺失。具体的评议人在学术眼光和判断力方面参差不齐,这是很正常的事;但是,有些学科在整体上缺乏学术标准,不能对一篇论文、一部书稿和一个课题的学术价值做出确切的评价,其评价方式带有"口碑"式的模糊性。在我参加过的一次学位论文审查会上，几位与会者虽然不是同一领域的专家，但都发现某篇论文在论题的界定、材料的运用和立论的方式上，根本不合史学的基本要求，也没有逻辑上的合理性，于是就投了反对票。可是，这篇论文在通讯评议中却得到了全优的评价，在答辩时也被认定为"优秀"。难道所有的评议人都是糊涂昏聩之辈？难道他们都被收买了？肯定不是这样。可能是因为这个学科自身不成熟，还没有形成严格的学术标准。在我们的学术界，这样的学科也许不止一个。

权力支配，人情主导，标准缺失，三者只要居其一，都会使学术评价的意义受到严重损害；可是，在我们当前的学术评价中，往往是三者一起发生作用，多路夹击，来自欧美的同行评议，怎么可能不水土不服以致彻底变质呢？

细究起来，我们在学术评价中面临的种种问题，固然同制度有关，但并不单纯是制度方面的问题。它们还牵涉到社会环境和文化取向。在欧美行之有效的制度，到了中国就发生"橘过淮则枳"的变异，这不由得促使我们反思中国的学术文化。现在各国交流的渠道通畅而便捷，制度的移植和模仿真是轻而易举的事；但要使制度合理地运作起来，若不从社会和文化着眼，就根本是难以想象的。纯粹的技术主义路径，不可能真正解决学术评价中的问题。

针对当前学术评价的状况，有人提出，只要把学术评价交给学术共同体，许多问题就会迎刃而解。这的确是有见地的主张。

可是，我们现在真有学术共同体吗？就算有，那又是一个什么样的学术共同体呢？这个学术共同体能够很好地操持学术评价吗？上面说到的"人情"和标准问题，难道不就是发生在学术共同体内部吗？如果这个学术共同体充满腐败，缺乏自律，学术评价的权力落到它的手中，还能指望产生良好的结果吗？

以美国学术评价的经验来看，构建自律（自主）的学术共同体，既是学术评价存在的前提，也是它良性运作的依托。

自律的学术共同体不是一般意义的学术界，也不是欧洲现代早期那种沙龙式的"人文圈"，更不是某种以象征物来维系的"想象的共同体"。它是由学者以专业为基础自愿结成的众多学术团体、学术刊物和学术会议组合而成的。专业性和自律性是这种学术共同体最突出的特点。专业性消除了学术的泛化，便于形成通行的话语方式和专业标准，这一点不难理解。在这里我想突出强调"自律性"的意义。"自律性"（autonomy）这个词在哲学、政治学和医学上各有讲究，但我要侧重谈的是另一方面的含义。

在美国，所谓学术共同体的自律性，首先体现为自主结社和自主运作。学者们自愿结成以专业为基础的学术团体，这种团体不是经权力机构的批准而成立，而只是在成立时履行注册等法律手续。学者们自主创办同人性质的专业刊物，这种刊物不为刊号所限，而是借刊号以取得连续出版物的身份。学者们自行召集学术会议，这种会议可以依托学术团体，也可以由学术刊物或学者自己发起。团体、刊物以及其他民间机构还举办学术评奖，以树立学术标杆，鼓励追求精深而高明的学问。可以说，这种由团体、刊物和会议所构成的组合性学术共同体，不啻是一个开放的学术讨论和批评的空间，是学术秩序的建设者、维护者和监督者。有人说，大学也是某种学术共同体；但我觉得现代大学更像一种利益共同体，它一方面受行政权力的控制，另一方面又采用资本的运作方式。要求它承担学术共同体的功能，可能是不现实的。

学术共同体的自律性，在美国还表现为"自主立法"。据说，"autonomy"的原意就是"自我立法"。对于学术共同体来说，"自主立法"包括制定学术规范，建立学术标准，形成学术伦理准则。这里的"立法"，当然只是一种"隐喻式"的说法。学术界的"法"不是由立法机构来制定的，而是经过长期积淀而形成的各种惯例和共识，包括学术界共同遵守的研究方式、评价标准、伦理规范和奖惩机制。学术界的"法"既有成文法的精细和明确，也有习惯法的惯性和稳重。

最后，这种自律性还落实为学术共同体的自主约束。学术共同体的成员大都遵从学术规范和专业标准，进而形成认同感和归属感；学术共同体则通过自主行动来执行学术规则，贯彻学术标准，维持学术秩序。一方面，共同体成员基于信誉、良知和羞耻感，要为自己的学术行为承担责任；另一方面，共同体则拥有某种"追责"的权力，可以对违规的学者进行处罚。无论是发表还是评议，共同体成员大多能自觉遵循相应的标准和伦理；违规行为必受到共同体成员的一致谴责。那种为抄袭和剽窃的指控说情、请愿的事，大约是十分罕见的。

美国这种自律的学术共同体，其形成和维持同某些"心灵的习性"和"做事的方式"密切相关，而且也离不开自由、平等和民主的社会政治环境。就我个人在美国的知见而言，各种学术共同体的组织、运作以及风气，都打上了美国社会和文化的鲜明烙印。在那里，人群中形成"自发秩序"的能力是十分突出的，学术的民主和自由也给人深刻的印象。没有什么学术权威是不可质疑的，没有什么学术观点是不可挑战的，也不存在对学界前辈的恭顺和屈从。学术是自由而开放的领地，任何垄断和霸权都不为共同体所接受；学术评价也是自由、平等的对话，尖锐的观点对立，激烈的学术争论，通常不涉及个人恩怨和私人感情。同样值得注意的是，无论是学术社团还是学术刊物，在经济上都不依赖于政府拨款，也不单凭某个人的捐赠，而是依靠学者缴纳的会费以及其他募捐。这种经济上的独立性，无疑是其自主性的基础和保障。

在美国的自律的学术共同体内部，实行一种复合的学术评价机制。这种复合的学术评价机制，对于维持学术界的秩序，鼓励有益的学术探索，惩处学术界的弊端，推动学术的良性发展，具有不可替代的重要意义。这就是说，学术评价应当是，而且从来也是学术共同体的内部事务，不涉及外来权力的干预。虽然政府和大学也可能干涉学术评价，但是这些干涉通常会受到学术共同体的一致抵制。而且，自由表达的权利、终身教职的制度，都能起到保护学者、维护学术共同体的自主性的作用。

就对成果本身的评价而言，自律的学术共同体自主地制定评价的规则、标准和程序,并且主导评价的过程,公布和运用评价的结果。至于"以成果为指标的评价",也就是借助成果来评价其作者和作者所在的机构,则通常需要学术共同体和相关机构的合作。在对成果本身的评价中,学术共同体采用的是复合评价的制度,包括学术会议的评议和讨论、发表前的评审、发表后的评价以及学术评奖。

在美国学术界,学术会议自始至终都是一个学术评价的过程。学术会议的组织者对申请参会的论文进行评审;在会议讨论中,报告、评议和问答等流程,都是对提交的论文进行学术评价。论文和著作在发表之前,须以双向匿名审稿制进行评审,通常由两名同行评审;在出现意见分歧时,另找第三人评议,以多数意见作为取舍的依据。

论文和著作一旦发表,便成为公开评价的对象。专业刊物所组织的书评,乃是这种学术评价的主要方式。这种书评不是作者约请,也不是出版方提供,而是完全由专业期刊自主操作。刊物的编辑遴选拟评书目,再找合适的专家来评议。这种书评一般具有两重功能:一是鉴定被评著作的学术价值,二是提供最新学术成果的信息。美国许多专业史学刊物都用一半左右的版面来发表书评。以《美国历史评论》为例,一年仅出五期,而刊登的书评则多达一千来篇。除了发表短篇书评外,许多专业刊物还组织圆桌会议,发表专题文章,对学术趋向和前沿进展加以扫描和"概念化",并对某些具有重要影响力的著作进行"回顾性"评论。由此看来,专业学术期刊与其说是发表研究成果的园地,不如说是学术评价的平台。

学术评奖则是学术共同体维护学术标准、显示评价权力的又一个重要方式。对于公开发表的论文和著作，学术界以各种名义进行评选和奖励。评出的论著必是当前阶段最优秀的作品，能够体现新的学术风气和研究取向，具有某种标志性的意义。我们知道，同样是评奖，由谁来评，如何评，以及评多少，都直接关系到奖励的真实性和实际意义。如果评奖由政府主持，那么政治和政策的考虑就会占据优先位置；如果采取简单的投票方式，就会减损学术的含量；如果以自我申报为基础，就无异于变相的作者索要奖励；如果一次评出的奖项过多，就等于是滥施荣誉，大大减损奖励的"含金量"。美国的学术评奖通常由学术团体和其他民间机构主持，采取提名制，经过多重筛选，最终获奖的通常只有一种论著。就我所知，美国史学界的成名学者，大多曾有某种论著获得重要的学术奖励，其学术地位便由此奠定。

当然，并不是说美国的学术评价就没有弊端。其实，不少美国学者对他们的学术评价制度和现状也有尖锐的批评。不过，相对说来，我们更应重视其正面的经验。现在不少人反感那种言必称美国的做法，而且还有人呼吁确立中国自己的学术话语权。但是我们不能否认，中国目前通行的学术评价制度和方式，基本上是从欧美引进的；我们要使学术评价发挥它应当发挥的作用，而不是成为学者的紧箍咒和学术发展的绊脚石，就必须深入了解欧美学术界的经验。否则，再好的制度，再好的方式，一旦移植过来就会发生变异，甚至完全走到它的反面。抱怨于事无补，自大也不能解决问题，我们现在要做的还是老老实实地反思和借鉴。

参照美国学术评价的经验，我们不难发现，目前国内学术评价中存在的弊端，大多同缺乏自律的学术共同体有关。为什么权力、人情和金钱能够轻易地扭曲学术评价？为什么许多专业领域长期不能形成有效的学术标准？如果存在自律的学术共同体，这种状况是不是能够避免或缓解？

具体说，管理部门的介入是难以避免的，权力对于学术评价也未必完全有害。特别是在"以成果为指标的评价"中，由于评价的结果直接关系到资源和利益的分配，因而管理机构的作用就更加突出。我们现在的问题是，在发表、立项、评奖和职称认定等环节，管理机构的权力取代了学术评价。这固然与权力集中、官僚机构膨胀的现状相关，但同样是因为我们没有任何自律的学术共同体来主导学术评价，管理部门的越俎代庖就是顺理成章的了。我们要做的不是继续抱怨行政主导的危害，而是要找到可行的替代方式。

量化的问题也是一样。以发表的数量或论著被转载、被引用的次数，来判断一个学者的创造力及其成果的价值，其好处是清楚而明确，操作性强，可比度高，也便于管理。这种理念出台的初衷，是要梳理知识生产中的继承和创新的关系，后来才被广泛用于评估研究人员的学术业绩。至于学术产量，也并非完全没有意义；优秀学者的高产，更是学术发展的福音。可是，量化为什么会被推到极端，以致出现以字数和篇数来衡量学术贡献的"工分制"呢？这同样是因为我们没有任何自律的学术共同体来推行以学术质量为标尺的学术评价，便只有将评价的权力拱手交给偏好量化的管理部门或者是其他官办的评估机构。

对于"以刊评文"的合理性，我们也不宜简单地否定。经过学术界许多年的共同努力，某些刊物取得了公认的声誉，其审稿、用稿、编校、版式、传播和影响力等各个方面，都有高出同类刊物的地方。由于其地位特殊，声望较高，在这样的刊物上发表文章，自然就殊为难得；所发表的文章获得更高的评价，也就不是毫无道理的。在美国史学界，《美国历史评论》《美国历史杂志》等刊物，也是公认的最重要、最权威的刊物。在学术出版机构中，有些出版社拥有更高的声望，所推出的学术著作更具可信度；因此，把出版机构的声誉作为判断著作水准的参数，也不是完全没有根据的。可是，如果把刊物和出版机构的声望同论著的质量完全画等号，就成了一个大问题。我们现在遇到的更大难题是，许多学术刊物并非同人性质，也缺乏专业特色，而且远离学术标准和规范的约束，因而不具备充分的学术信誉；学术著作的出版则通常采取资助方式，缺少审稿环节，出版后也没有合理的评价机制。这又怎么能充当学术评价的参数呢？

在美国建国时期，有政治精英讨论过谁能享有自由的问题。他们发现，虽然自由是人的属性和追求，但是只有自主的人才能真正享有自由。在当时的语境中，这种说法带有强烈的种族偏见和性别歧视的意蕴。不过，我们如果借用这种观点来看问题，就会加深对学术自由的理解。学术共同体如果要主导学术评价，学者如果要享有学术自由，就必须首先具备自律（自主）性。

学术评价关乎学术的前途，关乎学者的处境，关乎学术机构的兴衰，其利其弊都能产生很大的后果，因而不可等闲视之。我们思考和讨论学术评价机制的创新，虽然不一定能收到立竿见影的功效，更不可能解决所有的问题，但终归是有必要和有意义的事情。如果我们止于沉默和安于现状，后世的学者也许会大为惊诧：居然有这么一代学人，在如此重要的问题上，曾经是如此地浑浑噩噩，无所建树。

（2014年3—4月写于北京）

中国世界史学科的现状和前景

问：在中国六十年来的世界史研究中，《历史研究》发挥了什么作用？今后应该如何发挥引领作用？

答：最近十多年来，在讨论学术评价机制的改革时，不时有人抨击"以刊评文"的做法，反对以刊物的级别和声望来衡量论文的价值。这固然有其道理，但也不能一概而论。好的刊物通常能选到更好的稿件，也能扩大文章的传播和影响。像《历史研究》这样的刊物，经过史学界长期的协力打造，早已是公认的史学发表的最高平台，在作者、稿源、审编、版式等各个方面，它都有其他史学刊物无法比拟的地方，已形成了独特的风格和优势，有很高的学术信誉。要在这样的刊物上发表论文，的确有很激烈的竞争性。翻阅历年的《历史研究》，看到的文章确实能反映当时国内世界史研究的最高水平，在总体上具有良好的质量，对于同类研究起到了标杆和示范的作用。像吴于廑先生的《世界历史上的农本与重商》、罗荣渠先生的《扶桑国的猜想与美洲的发现》，不仅在当时是佳作，而且至今仍有研读和揣摩的价值。

一份刊物能获得这样的地位，能取得这样的影响力，自然是很不容易的，需要格外珍惜。《历史研究》跟一般的专业刊物不一样，它没有学派的旗号，也不看作者的身份，只重稿件的质量，能包容学术的多样性。它是中国史学界的刊物，是最优秀的史学论著的发表园地，推动中国史学发展是它责无旁贷的义务。这种全局观念和开放意识，对它今后的发展仍然是至关重要的。

坚持很高、很严格的学术标准，是一份好刊物的命脉所系。完善双向匿名审稿制，也许是保障学术质量的制度性前提。选好审稿专家，信任审稿专家，尊重审稿专家，有助于保证稿件的质量。另外，除了发表重要的研究成果，还可以关注学术前沿，以领域、专题、路径、方法等为中心，适当组织笔谈（圆桌会议），及时对分散的成果加以归总，对零星的苗头加以提升，对具体的研究加以"概念化"。这样，除了起标杆和示范作用外，还能真正担当引领的角色。

问：能否介绍一下您在《历史研究》发表文章的经过、背景？能否谈一谈您与《历史研究》之间的往事？

答：我个人在《历史研究》发表过几篇文章，得到过几代编辑的扶助。不过，最初我跟他们并没有很深的私交，多数人在投稿前并不熟识，他们肯用我的稿子，善意地帮我修改和提高，我想纯粹是出于学术的考虑。这也是我始终推重这份刊物、尊敬这些编辑的主要原因。20世纪90年代初期，我只是个三十岁出头的初学者，有幸在《历史研究》上发表了一篇文章。那是在大连的一次学术会议上，《历史研究》的世界史编辑对我提交的文章有兴趣，并提了一些修改和加工的建议。文章见刊后，居然有意外的反响，给我带来了一连串的荣誉。我想，这不是因为那篇文章有多好，而是投到了一家好刊物，遇上了几个好编辑。《历史研究》历来有扶持新人的做法，这对中国史学的代际传承和转换是一件好事。

问：与国外相比，中国的世界史研究存在哪些差距？应该如何缩小这一差距？在世界史已经成为一级学科的情况下，您认为，中国的世界史研究应该如何进一步深入？

答：这里的"国外"无疑是指欧美。具体如何去比，要区分不同的情况。我觉得需要考虑三方面的问题。第一，我们研究的世界史，落实到具体的国别和领域，同研究对象国的史学比，与同对象国以外的研究比，结果是很不一样的。譬如美国史，我们同美国史学界相比差距自然很大；如果同美国以外的研究相比，可能也达不到德国、法国、意大利等国的水平。第二，世界史中有些领域和专题是国际通行的，如古典学、中世纪史、二战史、国际关系史；还有非洲史、拉美史等，对于欧美国家来说，也不是本国史。这些方面有国际可比度，但我们的差距也是不言而喻的。第三，我们的学术训练不完善，学术新人的成长有一定的局限。虽然近年从欧美学成回国的人增多，但他们的学术潜力还有待发挥。总之，差距是巨大而全面的，在学术的原创性和规范性方面尤其如此。我们关注的问题大多是欧美学者提出并且讨论过多年的问题，有些甚至是他们以无剩义可求而放弃的问题；我们使用的材料也大多是他们反复解读过的；更何况我们在理论、方法、路径和思考方式上，还有许多的欠缺和不足。

可见，我们要提升水平，缩小差距，困难很多，任重而道远。关键还在于殚精竭虑、不遗余力地做"好的学问"，既向欧美学术取法，也向中国史学取法。至于学科体制的变化，世界史学科地位的提升，是好事，也是考验。从研究的角度说，我们要树立和强化学科意识，就是说，世界史是一个学科，包含众多的二级学科和研究领域；不能仅从教科书编纂体系的角度看待世界史，更不能用历史哲学的路径来"构建"世界史体系。我们要在学科的框架中做具体的研究，调动一切资源，取得较多专深而有新意的成果。

问：目前，世界史学科的发展严重不平衡，空白点很多，一些领域甚至出现了严重的萎缩，研究队伍严重不足。您如何看待国内的世界史研究现状？有哪些不足和薄弱领域？如何加强世界史的人才队伍、理论体系、学科体系等方面的建设？

答：以世界史涵盖地域之广、跨越时间之长，不平衡，有空白，肯定是正常的；以我们目前的人力和能力，要无所不包也是空想。但是，有些东西我们必须有，否则就不是真正的世界史。我以为，非洲、拉美、东亚、中亚、印度、俄国、德国、法国、英国、美国这些地区和国家必须有人研究；社会史、文化史、环境史、国际史、经济史、政治史这些领域必须有人涉猎；底层研究、性别研究、族裔研究、跨国视野、全球取向这些路径必须有人关注。那么，研究人员从哪里来呢？一是靠自己培养，二是从国外引进；没有合适的中国学者，延聘外国学者也是一个不错的办法。

问：有学者提出，世界史研究应该实现本土化，形成具有中国特色的世界史研究体系。您如何看待这一问题？

答：在当前的史学语境中，"本土化"和"国际化"之间的张力更趋强烈。首先要明确的一点是，中国的世界史不是研究对象国史学的一部分，而是中国史学的一部分；它必须立足于中国学术，面向中国社会，加入中国的文化建设。我们和欧美比较，向欧美取法，在欧美的刊物发表文章，首要的考虑都是提升中国的世界史研究水平。我们要关注和了解欧美史学的历史与现状，并不是要和他们做一样的课题，用一样的方法，而是要有所参照，获得灵感，取长补短。有了这种意识和取向，我们的研究自然就会形成自己的特点。但是，"中国特色"不等于强弹别调，刻意去做别人不做的题目，说别人不说或说了别人也不懂的话。"中国特色"的形成，需要加入国际学术对话，也离不开多样化的学术生态。更重要的是，"中国特色"须以精深而高明的研究为基础。离开学术质量来谈"中国特色"，只能是徒托空言。

我们目前面临的最大难题可能在于，一方面我们急于追求特色，另一方面我们又缺少支撑这种追求的资源。我们的世界史没有多少积累，本土的社会科学理论资源匮乏，中国史研究仍处在转型当中；于是，来自域外的理论、范式、材料和路径，就几乎成了我们的主要凭借和参照。翻开任何一本外国史论著，只要讨论到已有的研究，基本上都是在谈国外的情况。可是，一种理论，一种范式，总有自己的社会政治语境和学术语境，如果不了解，也不顾及这些语境，那就难免生搬硬套，以致"食洋不化"。所以，我们要力争形成自己的特色，但这个过程仍然是很漫长的。

问：如果您对国内的世界史研究有其他感触、体会和建议，也可以谈一谈。

答：世界史是一个包罗极广的学科，单个学者的精力和能力都十分有限，所涉及的东西也许连"九牛一毛"都谈不上。但是，只要每个人都认真严肃地做好自己的研究，我们的世界史学科就能逐渐发展，水平不断提升。我们既要做精细的研究，也要有宏大的关怀，两者不可偏废。而且，课题没有优劣，路径无分高下，关键在于写出有价值、有意义的文章。"世界史体系"不是靠理论思考就能建立的，它必须以创新性的实证研究为基础，必须用许许多多专精的论著来搭建。

（2014年6月《历史研究》创刊60周年书面访谈）

外国史研究中的材料问题

最近几年，我陆续写了几篇讨论美国早期政治文化的文章，看过的师友都说，在材料方面还算是下了一点工夫。听了这样的话，我不免有几分沾沾自喜。确实，同我以往的文章相比，这几篇的材料来源更加丰富，注释也远为繁复。可是，我仔细想来，又觉得自己并没有得意的理由。

不错，在最近这些年里，外国史研究的条件大有改善，经费越来越多，获取材料的途径大为便捷，大家对材料不足的抱怨也明显减少了。我经常听人谈到，现在遇到的最大问题不是缺少材料，而是如何消化和用好材料。我自己在最近十来年里也经常说，总是把"不与外国学者比材料"挂在嘴边，当作一种自我安慰的遁词，可能会阻碍研究水平的提高；我们应当有"比材料"的意识，要力争在材料的占有上向欧美学者看齐。照这样说来，我们在材料方面似乎已不存在太大的困难了。

其实，问题并不是这么简单。从总体上说，在外国史的不同领域之间，材料状况是参差不齐的，有的甚至有着天壤之别。就我个人的知见而言，古典学、中世纪史、外交史、国际关系史、欧美近现代史和日本史的材料比较丰富，而且获取材料的途径也更多一些；而在非洲史、（中国和日本以外的）亚洲史、拉美史及东南欧史等领域，不仅国内的收藏十分单薄，而且获取的条件也有很多的限制。这种材料的不均衡分布同我们外国史研究在领域上的不均衡发展，或许存在某种互为因果的联系。另外还有更直接的原因，就是这些研究的对象国在文献整理、资料开放、研究条件等方面，一般都远远不及欧美和日本等国。

即便是在材料比较丰富的领域，情况也不能一概而论。以我比较熟悉的美国史来说，早期史、外交史、重大事件等方面的材料通常得到了较好的整理，开放的程度较高，获取的途径比较通畅。可是，关于19世纪末期以来的材料，总量很大，分布也很零散，整理和编辑的工作又没有充分展开，因而收集和利用的难度更大。另外，相对政治史、外交史和思想史而言，涉及社会、文化和环境等课题的材料，国内收藏少，从美国获取也不容易。

更突出的问题是，我们在新材料的发现和占有方面，可以说一直没有什么作为。即使是在材料状况较好的领域，常用的也不过是与重大事件相关的材料，许多材料属于一般性质，而且大多经过了整理和出版。我自己在研究中所用的材料，大多属于这一类型。这种材料也就是俗话所说的"大路货"，经历代史家反复使用和解读，其中的信息和意义早已被榨取干净，很难再产生新意。我们用这样的材料做研究，既不可能讲出新的故事，也难以提出真正有创见的观点。我们也可能跟别人有些不同，比如，从不同的侧重点出发对材料加以重新组合，或者是对个别材料的意义另做诠释。

诚然，我们都很熟悉严耕望说过的一段话：真正高明的史家做精深的学问，并不一定依靠新材料，而是"看人人所能看得到的书，说人人所未说过的话"。然而，要从寻常的老材料中发现新问题，独出机杼，另辟蹊径，这对学者的素质和能力有着极高的要求。在这一点上，陈寅恪向来是我们津津乐道的范例。可是，陈寅恪恰恰是不世出的史学天才，古今多数学者都难以望其项背。所以，不用新材料而想写出有新意的文章，其难度远远超出了我们的想象。

再来看美国史学界的情况。最近几十年来，美国史家所取得的有影响的成果，大多不是来自对老材料做新解释，而是缘于受新的研究范式的启发，从新的问题意识出发，借助新的研究手段，大力发掘和利用新的材料。其中地方史料、手稿、未刊档案、非常规史料和非文字材料发挥了关键的作用。美国大学的博士生在准备学位论文时，必须用心寻找新的材料；一篇有价值的博士论文，通常都要在材料上有新的收获。可是，对我们国内的美国史研究生来说，正是在新材料方面遇到了极大的挑战。这些学生正处在学术的成长期，要求他们从寻常史料中发现新东西，可能超出了其学力的限度。当前，对我们的博士论文来说，最难能可贵的情况就是，能够把与课题相关的材料收罗齐全，在理解上不出大错，运用上大体得当。于是，我们在判断一篇博士论文的学术价值时，一般不去参照美国学者的同类论著，而是基于国内已有的研究。由此看来，如果我们不能在材料上有新发现，要取得有影响的研究成果，真是一件难上加难的事。

此外，我们的研究人员掌握的语种不多，也限制了获取和运用材料的能力。就语种而言，目前的情况也许还不及三四十年前。绝大多数研究者固然都能使用英文，但懂得其他语种的人却很少。掌握法语、日语的人也许较多，但能用德语、西班牙语、俄语、阿拉伯语、突厥语等做研究的人肯定不多，掌握古代语文的人更是寥若晨星。就整个外国史研究来说，研究人员掌握的语种不多，许多领域和课题就无法涉猎，如果一定要去做，也难以取得有意义的成绩。比如，在中世纪史领域，多数人只用英国的材料；即便是英国的材料，拉丁语的文献也很少见。我看到的不少拉美史的论著，参考书目中也大多是英文材料。在有些中东史读物中，也很难发现阿拉伯语的文献。在一般人看来，研究美国史只要懂英文就够了；其实也不尽然。我这些年专注于美国早期政治史，由于不能读法语文献，也不懂拉丁文，在看书时经常遇到难题，有的材料根本不能去碰。总之，由于语种的限制，我们在使用材料时无法做到多样化，更谈不上对多种材料进行比对和筛选。

跟语言相关的是解读和运用材料的能力。语言当然是看懂材料的前提，但仅有语言还不能用好材料。要透辟、彻底地了解材料的含义，恰到好处地使用材料，还需要借助于丰富的知识，还要用相关理论来做透镜。像我这种在20世纪70年代末期上大学的人，学外语起步很晚，又没有留学的经历，学术训练也不够系统，阅读和理解外文材料时不免十分吃力。当前我们的研究生培养状况又如何呢？改善和进步当然是巨大的，但还不够专业化；在专业外语、历史语言学、文献学和相关社会科学的训练方面，即使不完全是空白，应当说还是相当粗糙的。历史学教师很少同其他学科的学者合作开课，而研究生的选课也缺乏明确的目标和系统性。这样一来，年轻一代研究人员的知识面和学术综合能力也难免有局限，在阅读和使用材料时，可能难以透过词句的帷幕而把握其深层的含义。

再者，我们通常所说的材料，应当包括史料和二手文献。可是，我们经常片面地看待材料，把史料作为材料的主体，甚至把材料等同于史料。史料固然是治史的基础，但是当今史学有一个突出特点，就是发表的论著越来越多，总量巨大。在许多领域，关于许多课题，研究文献之多，往往令人咂舌。有人把这种状况称作"过度生产"，也有人说是"病态繁荣"。在这种情况下，我们如果忽视二手文献，研究工作就寸步难行。可是，我们在做具体课题时，往往不注重合理地使用二手文献。许多人会转引二手文献中的史料，或者引述其中的具体论点，但却忽略作为一个整体的二手文献中所包含的问题意识、研究路径、解释框架和核心论旨。许多论著其实并没有跳出前人的"框框"，但由于事先没有充分而准确地了解前人的研究，也就不能为自己的研究在学术史脉络中找到一个适当的位置。如今的博士论文一般都用很大的篇幅来介绍前人的研究,但这种介绍通常近于"书目提要",并没有对前人的研究理路和学术贡献做出准确评析,不能为自己的研究提供一个适当的起点,也无法清晰地界定自己的创新之处。

可见,虽然在材料方面的困难得到了显著的缓解,但我们还远远没有摆脱材料的制约。看到不足并不是一件费力的事,麻烦的是如何切实解决难题。我上面讲的这番话,与其说是对国内外国史研究状况的观察,倒不如说是我个人的深切体会。我无意评论整个外国史学界的材料状况,更不可能为走出困境指出一条阳关大道。对我个人来说,现在似乎仍是"亡羊补牢,犹未为晚"。我想,首要的一点是须更加重视材料的意义,真正把材料当作研究和写作的基础;如果没有掌握充分而可靠的材料,不能准确而精当地运用材料,就决不轻率下笔。而要做到这一点,当然要有能力上的保障。再去学一两门外语,对我也许不够现实;但至少可以提高英语,特别是现代早期英语的阅读和理解能力,在看材料和用材料时尽量避免错漏。此外,还要在历史语义学、相关的知识和理论方面多下工夫。如果有条件,最好是常去美国做实地的收集和研究工作,争取在材料上有新的突破。

自己最终能做到什么程度,一时也说不准。不过,我心里还是藏着一点奢望:但愿年轻的学者能吸取前人的教训,及早用功,肯花更大的气力来克服材料方面的局限,切实提高治史能力,追求学术至境,写出更有分量的论著。

(2012年8月写于北京)

从文化的视角解读美国的"崛起"

历史学者的强项是讨论具体的问题,而"美国为什么能够迅速崛起",则是一个带有历史哲学意味的大问题,似乎只有哲学家才能处理这么宏观的题目。一个历史学者来谈论这样的问题,就好比蚊子叮大象,最多只能叮住一个极小的点,而且还不一定知道叮住的究竟是哪一点。好在对这个问题有许多人关注,有不少的成果,各自的视角不同,侧重点也不一样。人们通常比较重视自然条件、制度建设和历史机缘。不过,一个国家的发展和强盛,同样离不开文化因素。如果从文化的角度看问题,可能会有一些新的认识。我打算从梳理美国历史中所表现出来的基本文化特性入手,进而分析这些文化特性对"美国的崛起"有什么意义。不过,在很短的篇幅里不可能展开充分的论证,只能粗略表达一些随想式的看法。这种方式难免不合史学的规范。

一　美国文化的多样性

学者们大多认为，美国文化最突出的特点是它的多样性。其实，任何一种文化都会具有程度不同的多样性；美国文化的特别之处，不仅仅在于其多样性，更是体现为对待多样性的态度和处理多样性的方式。只有处理得当，多样性才会成为一种有利于社会文化发展的因素，成为一种具有积极意义的文化特色。

1. 美国文化起源的多元性

美国文化的起源具有多元性，但是人们长期没有认识到这一点。传统观点认为美国文化起源是一元的，就是起源于欧洲，特别是英国文化。20世纪60年代以来，美国学者逐渐意识到，美洲的印第安人文化、来自西部非洲的黑人文化和欧洲文化一起，共同构成美国文化的渊源；这三种文化在北美大陆的交汇和互动，塑造了美国文化的特色。

从这个意义上说，美国虽然作为国家的历史很短，但作为文化的历史却是相当悠久的。因此，说美国在几百年间就迅速成长为一个强国，也许并不十分准确。人是文化的主要载体，而开发和建设美国的人，在来到美国时都背负着久远的文化传统；美国的发展和壮大，离不开在漫长历史中逐渐积累的多种文化资源。

这种文化交汇，实际上是不同文化之间的竞争和融合，争强斗胜，取长补短，熔铸成新的文化。这是美国的极大优势所在。不过，我们不宜对各种文化的作用等量齐观；在文化的交汇和变迁中，欧洲文化起了主导作用，而其他文化则长期处于边缘地位。

2.文化的多样性

美国文化起源的多样性，必然导向文化构成的多样性；美国居民的族裔构成十分复杂，也进一步增强了文化的多样性。美国在殖民地时期就是一个"三种族社会"，同时欧洲裔居民的族裔和国籍来源也十分复杂。这种族裔的多样性，从19世纪中期以来变得更加突出，东南欧、亚洲和拉美的移民不断进入美国。不同的族裔拥有不同的文化传统，在语言、生活方式、宗教信仰、社会组织、风俗习惯等各个方面，都有明显的差异。

其中最显著的差异在于宗教方面。美国是世界上宗教氛围最浓厚的国家之一，经常去教堂的人一般占总人口的50%左右。世界上几乎每一种主要宗教在美国都有信众。在基督教内部，从殖民地时期以来也一直存在众多的教派。以往讨论美国文化的特性，往往要追溯到清教。其实，清教仅仅是新英格兰地区的主导教派，而且其自身也经历了很大的变化。清教精神在某种意义上是一种特例，不能当作美国宗教的代表，更不能视为美国文化的核心。清教在美国历史中固然重要，但是片面关注清教，就抹煞了宗教多样性对美国社会发展的意义。清教以外的其他教派，都以自己的方式对美国的民主政治、自由观念和经济发展提供了道德和价值的支持。美国宪法有所谓"更高法"背景，这种"更高法"就是自然法，即上帝之法，也就是终极正义之法。这种"上帝之法"的观念，就不仅仅存在于清教当中。在一个宗教气息浓厚的国家，这种出自于宗教的"更高法"信念，对于树立宪法的神圣性和崇高地位，具有不可估量的意义。更重要的是，由于众多教派并存和竞争，使得官方教会或国教根本不可能维持，从而有利于形成宗教宽容和信仰自由的局面。

3. 利益的多样性

美国也是一个利益高度多样化的社会。当然，利益多样性并不是美国独有的现象。每一个社会都存在多种不同的利益，居民可分成不同的阶层和利益群体。不过，有的社会意识不到这种多样性，或者只承认和保护某些特殊利益，而无视或践踏其他的利益。

从殖民地时代开始，美国就给不同利益的生存发展提供了广阔的空间。各个殖民地在人口、经济、宗教甚至政治结构上都有差异；每个殖民地都是一个相对独立的政治实体，各自的利益诉求能够得到满足；受到排斥的少数派，主要是少数族裔移民和非主流教派，可以到边疆地区寻求发展，而不会遭到消灭。

在美国革命和制宪时期，如何在政治权力结构中体现不同阶层、不同群体和不同地域的利益，是革命一代所关注的重大问题。例如，立法机构分成两院，除了分权和制衡的考虑外，主要是为了代表不同的利益。当时英国的立法机构在理论上由国王、贵族院和平民院三个部分构成，这是因为英国存在三个不同的社会等级。美国社会不存在贵族阶层，更没有王室，而只有"人民"这一个等级，为什么还要将立法机构分成两院，而不实行一院制议会呢？这是因为"建国先辈"们意识到，人民中有穷人和富人之分，有大州居民和小州居民之分，他们的利益是不一样的，需要用不同的机制来代表。于是，美国政府从一开始就没有成为一个只代表富人，或只代表穷人，或只代表某个特殊集团的政府，而力图成为代表全体美国人、推进共同福利的政府。这样一种政治结构，能够包容和协调多种多样的利益，绝大多数利益诉求都能在它的框架中得到满足，抗争性行动通常不必突破现存秩序的底线。

18世纪末期以来，美国的政党、社团和利益集团越来越多，这是利益多样性在社会组织层面的体现。在19世纪30年代，法国人托克维尔在美国看到，各色各样的美国人都热衷于组建和参加社团。那时，社团在绝大多数国家还是不合法的。政党的作用不待多言，一般社团在美国发展中的作用也不能忽视。美国政治通常在社区、社团、国家等不同的层次上运行，形成了一种复合多向、各具功能的政治运作系统，在"市民社会"和"政治国家"之间达成某种平衡，形成一种既富有政治效力又能较好地保障公民自由的民主体制。而且，社会改革的动力通常不是来自政府，而是来自社团。19世纪上半叶的社会改革、20世纪初期的进步主义改革，都是首先由社团和民间人士发起，最后才转化为政府的政策。

4. 多样性与美国的发展

一般说来，多样性意味着差异，而差异容易引发冲突，甚至可能导致社会文化和政治的分裂。但是，美国存在如此突出的多样性，为什么能够作为一个统一的国家、一个富有凝聚力的社会而迅速发展呢？美国是如何克服多样性带来的弊端，而使之转化为一种动力的呢？

首先应当指出的是，在很长一个时期，美国人对文化多样性的处理并不成功。在文化上占据优势地位的白人，并不喜欢文化的多样性，力图用"同化"或"美利坚化"来消除文化差异，并采用种族歧视、种族隔离等方式排斥少数族裔。直到20世纪七八十年代，才在"多元文化主义"的原则下，承认各族裔文化的正当性和价值。不过，即便如此，美国也没有出现沙俄和纳粹迫害犹太人的那种局面。相反，在其他国家受到迫害的少数族裔，纷纷移居美国，以寻求生机和发展。这样就使美国得以综合各个族裔、各种文化的长处，集中各种类型的人才，以多种多样的方式来共同推动社会发展，描绘出丰富多彩的文化图景。

美国的族裔众多，文化构成复杂，有人便担心由此引起文化的分裂。但是，这种局面并没有出现。其关键在于，众多族裔和国籍来源的人，一旦成为美国公民，就拥有十分清晰而牢固的国家认同，这就是对自由、平等、民主、宪政、法治的共同信念；这种共同信念使族裔背景不同、宗教信仰不同、利益诉求不同的居民能够求同存异，在同一种社会制度中竞争和博弈，在宪政和法治的框架中寻求各自利益的最大化。

同样重要的是，美国文化中具有突出的妥协精神，不同利益之间存在灵活的谈判机制。美国人认为，政治需要协商，它是一种妥协的艺术。1787年宪法便是各种利益和主张妥协的产物。经济领域也是一个谈判和妥协的场所。和谐社会不是没有冲突，关键在于如何解决冲突。在美国历史上，谈判和妥协是解决冲突的基本方式。这样就可以导向一种多个群体、多种利益合理竞争的格局。于是，美国社会得以避免内耗、动荡和曲折反复，不仅保证了顺畅平稳的发展，而且大大节省了发展的成本。诚然，妥协不是万能的，谈判也不能解决所有问题。美国历史中仍然充满了各种冲突和危机。

二　美国文化的前瞻性

"人无远虑，必有近忧"，许多文化都强调做事要有远见。但是，真正把注重可能性和富于远见变成一种思维方式和办事作风，贯彻到政治和社会生活的每个方面，则不是轻易做得到的。从历史上看，美国人在这方面做得比较出色；美国文化所具有的前瞻性品质，在社会发展中起了积极的作用。

1.注重可能性

美国文化的前瞻性，主要表现为注重可能性，重视未来。用英国哲人罗素的话说，美国人总是昂首望天，畅想未来。按照美国人的思维方式，如果等到灾难发生或成了历史以后再来总结教训，那就太可悲了。明智的办法是注重可能性，富有前瞻性，任何可能有利的东西，要尽力争取；任何可能有害的事情，要极力避免；任何关乎未来的事情，要尽早打算。有人批评美国人"只顾瞻前而无意顾后"；实际上，美国人对可能性的估计，往往是基于历史的经验教训而做出的。

美国的独立，在很大程度上就是注重可能性的结果。北美殖民地原本是英国的海外领地，殖民地居民在法律上是英国人，英国对殖民地的控制一直比较宽松，给殖民地社会的顺利发展留下了极为有利的空间。可是，逐渐壮大的殖民地社会，最终难以接受远在三千英里之外的母国的控制，他们把母国强化管理的举措视为剥夺他们的自由的阴谋。他们感到，如果不尽早采取行动来反抗，就会遭到奴役。美国革命的一位领导人约翰·迪金森说，他们反抗英国，并不是因为"某一措施实际上带来了什么弊端，而是从事情的性质看可能带来什么弊端"；他还说，世界各国人民一般在他们感到危险已经降临以前不会考虑到有危险，所以他们都失去了自由。这就是说，只有对威胁自由的迹象具有敏锐的先见之明，才能有效地维护自由。这与"逼上梁山"的造反逻辑是完全不同的。

这种关注可能性和重视未来的思维方式，同样反映在美国宪法和美国政府的决策中。美国宪法的前言在表述制宪的目的时，有这样一句话："并使我们自己和我们的后代得享自由的福祉。"在制定和批准宪法的讨论中，有人主张保护少数人的权利，因为今天的多数明天可能变成少数；有人主张保障普通人民对政治的参与，因为他们的后代可能就是普通人民的一员。美国宪法能够一直实施到今天，与制宪者的前瞻性思维有莫大的关系。20世纪初，西奥多·罗斯福总统推行保护环境和自然资源的政策，提出了一个很有感召力的口号："为了尚未出生的人们。"近期布什总统在"反恐"中倡导"先发制人"的战略，也是这种前瞻性思维方式的延伸，不过其中包含着某种强权逻辑。

2.批判精神与"社会预警"

美国人历来富于社会批判精神，这是文化前瞻性的又一个突出表现。在美国经常能听到"唱反调"的声音，如果把美国人批评美国的言论收集起来，那一定会使人觉得美国社会一片黑暗，问题成堆，危在旦夕。其实这些"耸人听闻"的批判，大多是出于"补天"的意图而做的"社会预警"。在问题刚露端倪时，或者在弊端还不很严重时，就有人对它们进行揭露和剖析，以引起社会和政府的重视，推动相应政策的出台。所以，社会批判往往是社会变革的先导。美国的发展离不开经常性的改革，而改革的兴起又离不开富于洞见的社会批判。一个社会如果缺乏"预警机制"，压制社会批判，等到危机降临了再考虑对策，"小灾"就会酿成"大祸"。

这种具有"社会预警"功能的社会批判，存在于美国历史的各个时期；越是关键的时期，社会批判就越活跃。美国独立战争爆发前，有一场长达十多年的政治辩论，主要是批判和揭露母国政策的危害，号召殖民地居民进行抵制和反抗。1781—1787年是美国历史上的邦联时期，当时到处流行批评时政、揭露流弊的言论，有人甚至声称已处在战争的前夜，从而推动了1787年的联邦制宪运动。在19世纪上半叶，许多人对奴隶制进行激烈批判，推动了废奴运动的兴起和发展，对于奴隶制的最后覆灭起了不可抹煞的作用。

更突出的例子是，19世纪末20世纪初，美国发生了一场声势浩大、影响广泛的社会批判运动，其中的主力是所谓的"耙粪者"（muckrakers）。这些人大多是新闻记者、作家和出版商，他们用新闻报道、纪实文学和小说等多种形式，对当时的政治、经济和社会各方面的黑幕进行揭露，甚至将矛头直接对准权势甚大的联邦参议院，指控它背叛了美国的利益。这场持续十多年的"黑幕揭发运动"，直接引发了进步主义运动中的许多改革。从一定意义上说，那些敢于进行社会批判的知识分子，充当了改革的开路先锋。

3. 理想主义与实用主义

由此可见，美国人并不是人们印象中那种只顾眼前利益的实用主义者。实际上，理想主义始终存在于美国文化之中。1630年创建马萨诸塞的约翰·温斯罗普，就是一个出名的理想主义者。他带着一帮疲惫的移民在波士顿附近登陆，却声称全世界的目光都在注视着他们，立志要在北美建立一座"山巅之城"，以弘扬基督教的仁爱精神，光耀他们的宗教信仰。1699年，在建立仅6年的威廉—玛丽学院，有个学生在演讲中宣称：

我以为我们已经看到了一个快乐的时代，那时我们在礼仪上超过了亚细亚人，在宗教上超过了犹太人，在哲学上超过了希腊人，在几何学上超过了埃及人，在算术上超过了腓尼基人，在占星学上超过了迦太基人。啊，快乐的弗吉尼亚！

在那个草创的时代，这完全是一种梦想，但正是这种梦想激励一代又一代美国人努力进行文化的创造。美国的"建国先辈"大多富于理想主义精神，他们要把美国建成一个美德盛行、以公为先的共和国。华盛顿在总统就职演说中说，美国人进行的政治实验，关系到"自由圣火的保存和共和政体的命运"。20世纪五六十年代的民权运动参加者，甚至那些反主流文化的青年，在某种意义上都是理想主义者。如果说美国文化有实用主义的特色，那也是一种得到理想主义平衡的实用主义。

三 美国文化中的规则意识

1. 自律、自治与自由

在不少人的印象中，美国人崇尚个人自由，喜欢无拘无束、散漫不羁的生活。实际上，美国人做人处世很讲原则，有很强的规则意识。美国人不仅认真对待规则的制定，而且严格遵守基于共识的规则。规则只有得到遵守才有效果。美国人重视和遵守规则，富有自律精神和自治能力，很自然地形成了某种"自发的秩序"。也就是说，他们能够自己管理好自己，因此无需强大的外力来实施"他律"，从而获得了真正的自由。不能自律和自治的人，只能依靠"他律"来维持秩序；而实施"他律"的人往往也不能自律，不讲规则，于是难免出现专制和暴政，以致人们完全丧失自由。

2.规则与民主

说到自由，不能不联系到美国人引以为豪的民主政治。民主是一种讲究规则和遵循规则的政治：对权力的竞争须按规则进行（定期的、公正的、自由的选举），对权力的运用也要遵守一定的规则（宪法、法律和监督）。没有规则的权力，美国人称作"任意专断的权力"，这是专制和暴政的工具。不妨说，规则意识对美国民主的形成和运作是不可或缺的。

民主政治中的规则，当然不可能是自上而下强加的，而是经规则所涉及的多数人同意的产物。宪法作为政治社会的最高规则，就是由公民选举的专门代表来制定的，并且经过了多数公民的同意和批准。我们经常听人说，詹姆斯·麦迪逊是"美国宪法之父"，其实这种说法并不准确，容易引起误解。美国宪法不是某个"圣贤"的作品，也不是由当时的政府制定的。它是由当时公认的主权者，也就是"人民"所选择的代表来制定和批准的。

美国民主离不开规则，更离不开对规则的遵守。1787年费城制宪会议正式开会的第一天，就推举一个委员会来起草会议规则，然后又用了一天时间仔细审议规则，直到达成共识，才转入正式的议程。在此后一百多天的会议中，发生了许多激烈的辩论和争执，可是会议并没有中途散场，而是一直有序地进行，直到拟定宪法草案。美国国会和各州议会，都有非常具体的议事规则。新英格兰的村镇会议，也有自己的议事规则。

在美国政治中并非不存在破坏规则的事，也不能说所有的规则都得到了很好的遵从。但就总体情况而言，美国人的规则意识乃是一种"心灵的习性"。例如，美国宪法规定的全国性选举，包括两年一度的中期选举和四年一度的大选，两百多年来从未因为任何事态而被废止或中断。这就是强烈的规则意识在政治生活中的体现。1864年内战正酣，美国照例举行总统大选，对挑起战争负有重大责任的民主党也推举自己的候选人参加竞选。1939—1945年正值第二次世界大战期间，美国并未因为战争形势紧张、富兰克林·罗斯福又是公认的全国性领袖，而取消总统选举。

3.宪政与法治

宪法可以说是美国社会的最高和终极规则。在美国革命之际，世界上没有任何一个国家是按照成文宪法来治理的，美国建国一代为什么要那么殚精竭虑地制定成文宪法呢？他们一方面要以宪法来赋予政府权力，奠定政治权力的合法性；另一方面也要用宪法来限制政府的权力，保护公民的自由。美国宪法通过授权来达到限权的目的。从某种意义上说，美国宪法首先是限制政府的，目的是保障人民的权利。革命一代就是这样定义宪法的：宪法是"掌权者应当**时时**遵守的规则"，是"维护自由的永久宪章"。

规则的意义在于它被当作规则。宪法的生命力有赖于统治者和被统治者都把它视为最高规则。有宪法不一定有宪政，要将宪法转化为宪政，需要某种宪政文化。制定一部宪法并不难，难的是使它转化为宪政。美国宪法之所以能保持长久不衰的生命力，除了宪法条文的合理性和弹性以外，更重要的是美国人把宪法当作宪法，而不是一个写在纸上、束之高阁的文件。美国人中间向来存在某种"宪法崇拜"，而这种"宪法崇拜"正是美国宪政文化的核心。托马斯·潘恩在《人权论》里就注意到了这一点。1791年，宾夕法尼亚有个法官说："人必须有一个偶像。而我们的政治偶像应当是我们的宪法和法律。"有的美国学者也说，宪法具有"圣经的特性"；美国人对宪法的"景仰和尊崇""经常达到了偶像崇拜的地步"。现在，美国宪法的原本和《独立宣言》的原稿一起，被放置在华盛顿国家档案馆一个高高的祭坛上，供人们瞻仰。与此形成对照的是，作为英国宪法之本的《大宪章》的早期抄件，却被放在大英博物馆一个普通画廊的展柜中；在《大宪章》的签署地兰尼米德草地有一块纪念碑，也是美国律师协会竖立的。这一对照表明，美国人的确把宪法作为至高而神圣的规则来对待。这种宪政文化滋养了美国宪政，是宪政得以保持活力和稳定性的根源。成熟而稳定的宪政，为美国的发展提供了根本的制度保障。

法律则是与日常生活息息相关的具体规则。美国是一个法治的国家，但美国的法治不是简单的"有法之治"或"依法而治"，甚至也不是一般意义上的"良法之治"。按照美国革命时期的说法，"共和国就是法的国度"。这种法具有几个鲜明的特点：一是必须经过公民（通过他们的代表）的同意；二是必须是固定和公开的；三是必须是公正和合理的；四是对立法和执法的人同样有效。只有用这样的法律来治理国家，才称得上真正的法治。如果以权力意志作为法律，或者官员可以凌驾于法律之上，甚至实行残害人性、剥夺自由的"恶法"，尽管有法律，也绝不是法治。

一般认为，美国的法治上承英国的传统，同时又有自己的创新。在美国各级政府中，立法权是核心的权力，公共政策大多以立法的形式出现。早在殖民地时代，法律一旦通过，就必须迅速布告公示；陪审制成了保护公民自由的一种基本制度；法律和法院的权威得到普遍的遵从。美国建国时还确立了司法独立的原则和机制。立法和司法固然重要，更重要的是公民具有法律意识。在美国的政治生活中，判断公共政策是否合理的最高准则，就是看它"合宪"还是"违宪"。在日常生活中，判断某种行为是否恰当，主要是看它是"合法"还是"非法"。这种以法律为标准来判断事物和行为的习惯，也是规则意识的表现。没有规则意识，宪法和法律都难免沦为一纸空文。

四 结语

历史是人的经验,任何历史"奇迹"都是人创造的。美国的"崛起",是许多不同族裔和文化背景的美国人经过许多世代的努力而实现的。得天独厚的资源条件,需要人去合理地开发,才会产生价值;千载难逢的历史机缘,需要人去及时地把握,才能带来裨益;高明而务实的制度建设,更需要人以智慧和努力来推进。因此,了解美国何以迅速"崛起"的奥秘,须以考察具体历史时空中的美国人及其活动为中心。文化的视角,正可以适应这种考察的需要。

(2006年12月为凤凰卫视《世纪大讲堂》栏目准备的讲稿,
演讲时有删节和调整)

再谈美国的"崛起"

美国的"崛起"是一个很不好谈的话题。美国何以能够迅速"崛起"为一个"大国",对这个问题许多人都有自己的见解,而且言人人殊。同时,这个问题还带有一点历史哲学的意味,有很强的宏观性和概括性,并不适合历史学者来讨论。我在凤凰卫视《世纪大讲堂》的演讲播出后,有评论说我只讲了美国"好"的一面,而忽略了美国的"掠夺"和"压迫",有"美化"的嫌疑。短短几十分钟的演讲,要做到面面俱到是不可能的,对所讲的内容必须加以选择。选择不可避免地带来片面性,因而有必要在这里做一点补充说明。

首先要对美国"崛起"的含义做出界定。美国的"崛起"不是随着美国的建立而突然出现的惊天事变,而是一种源远流长、其来有自的逐渐展开。美国作为一个国家的历史的确比较短暂,但它在文化上的源头却可以追溯到世界上多种古老的传统。而且，美国建国后的迅速发展，还得益于殖民地时期所奠定的基础。合众国建立之际，美国已经是世界上最为富庶、居民生活质量最高的地区之一。还有一点也值得重视：美国作为一般性的国家诚然只有二百多年的历史，但作为一个现代意义上的"民族国家"，却拥有漫长而连续不断的历史，这在世界上几乎是独一无二的。它在建国以后就没有发生过断裂性的变局，也很少遭受外敌的入侵和战乱的冲击，其发展轨迹的最大特点是平稳、连续和渐进。在1789年乔治·华盛顿就任美国第一任总统时，美国还只是一个不受欧洲君主看重的边缘小国；到1900年前后，它已成为一个一流"大国"，其经济实力、生活水平和文化影响力居于世界前列。这一"崛起"不是某种"跳跃式"发展的结果，而是经历了一个遵循自身"逻辑"而连续行进的过程。

由于受"化约主义"思维方式的影响，我们容易把美国的"崛起"等同于经济的发展和国力的增强，或者简单地把美国视为一个在世界上"称王称霸"的军事大国。其实，美国"崛起"的内涵是相当丰富而复杂的。经济的发展固然十分重要，它不仅是美国"崛起"的主要内容，而且为之提供了雄厚的基础。在经济的持续发展中，国民财富不断增加，生活质量不断提高，人们选择生活方式的余地越来越大。同时，美国的民主政治也在不断变化，选举权渐次超越财产、种族和性别的限制，从一种特权演变为普遍权利；"权利"的概念也不断扩展，除参与政治的方式增多、渠道拓宽之外，经济保障、社会福利、生活方式的选择、环境资源的享有和教育机会的获得，都进入了"权利"的范畴。人们对于政府维护自由、增进社会公正的期望愈益提高。而且,在"崛起"的过程中和"崛起"以后,美国社会的包容性趋于增强,对于不同的族裔、不同的生活方式、不同的宗教信仰表现出越来越大的尊重,不同国籍来源、不同文化背景的人群大体上能够和谐相处。基于族裔和文化的多样性,美国还形成了以"多元文化主义"为核心的意识形态。

从某种意义上说,美国是一个世界历史上并不多见的"新型"大国。在古代,罗马人拥有优良的武器和军事技术,得以在短期内征服北非、小亚和欧洲的广阔地域,建立起一个庞大的帝国,并以各地的资源和财富来支撑少数权贵和富人富足舒适的生活,其共和体制则为权力集中的独裁体制所取代。现代英国以其不大的本土,借助海上实力、殖民扩张和对外贸易,一度成为"日不落帝国",但维持的时间不过百余年。苏联利用计划体制的力量,优先发展重工业,强化军事实力,步入世界上最大的军事强国之列,但这种局面仅存在了短短几十年。美国的情形则与以往的"大国"很不一样。它首先是一个经济大国,一个民主大国,一个文化大国,一个生活富足的大国,最后才是一个扩张争霸的军事大国。也就是说,美国首先是崛起为一个"great nation",然后自然而然地变成一个"great power"。这种"崛起"的方式和后果,在世界历史上具有不可忽视的重要意义。

但是,千万不要以为,美国的"崛起"是一个一帆风顺、一路凯歌的浪漫历程。实际上,美国的"崛起"之路同样荆棘丛生,曲折艰辛,而且血迹斑斑。"大国"通常拥有辽阔的国土,而美国国土的扩大,就充满了暴力、血腥和欺诈。美国的领土在建国时为230万平方公里,在此后一百多年的时间里扩大了4倍,成为世界上领土最大的几个国家之一。这种领土扩张为美国的"崛起"打下了坚实的基础,不仅带来了丰富的资源,而且对人口、交通、农业、教育的发展以及社会稳定,都具有极为重要的意义。美国的领土扩张,主要是基于种族主义和强权逻辑而进行的,采取的方式包括战争、抢占、购买、订约,等等。19世纪的美国人觉得自己是上帝选定的优秀种族,注定要占领整个西半球的北部,并对其他地区产生辐射性的影响。在扩张的过程中,美国凭借逐渐强大的国力,不仅挑战其他殖民国家的势力,而且践踏墨西哥等独立国家的主权,漠视和损害土著居民的利益。不过,美国对获取的领土采用了不同于古代帝国的处置方式,将它们变成了平等的州,而不是受掠夺的殖民地或行省,这样有利于把扩张得来的领土迅速转化为内在的资源和实力。

同时,在"崛起"的美国,也不是到处莺歌燕舞、一片阳光普照。对于不同的人群来说,美国"崛起"的意义是很不一样的。换句话说,美国的"崛起"并没有给所有美国人带来同样的福祉。美国长期存在种族压迫、文化歧视和性别限制。黑人、印第安人、华人以及其他少数族裔,为美国的"崛起"付出了沉重的代价,而他们却很少享有"崛起"的成果,甚至被剥夺了享有的机会。他们在政治上长期没有权利可言,在经济上更是处于底层。对女性的限制也很多,她们长期不能享有政治权利,就业后的工资也低于男性。美国的崛起还付出了环境的代价:资源浪费、工业污染和生态破坏一度显得触目惊心。

而且,"崛起"也没有消除美国社会的弊端和问题。美国长期存在严重的贫富分化。1893年全国财富的71%属于9%的家庭;同期全国大约有300万人处于赤贫状况。生活质量也不均衡,1904年家庭收入不足以维持基本生活水平的人口占12%。这使美国历来所弘扬的"平等"遇到了严峻的挑战。另外,由于经济经常出现波动,工人面临周期性失业的威胁,加上劳动保护和工厂福利滞后,导致劳资关系紧张,工业冲突频发。政治腐败一度也相当突出,企业主对政治的影响很大,各级政府全力为企业服务,以至于有人认为"政府不过是一个企业",政治在一些人眼中变成了一个"钱的问题"。这些弊端激起了当时不少人的忧虑和批判,在20世纪最初十余年里,一场有针对性的改革运动迅速兴起。

我们还注意到,美国的"崛起"得益于优越的自然条件、难得的历史机缘、可靠的制度保障、有利的人文环境和丰富的外来资源。但是,这些有利于发展的因素和条件,只有综合在一起才造成了我们所看到的结果。单独某个因素不一定会导致这种后果,去掉某个条件也肯定不会出现同样的结果。美国的幸运在于,它因缘际会地遇到(和创造)了这么多其他国家难以想望的优越条件和机会。正是多种因素结合起来所产生的"合力",才促成了美国"崛起"的"奇迹"。

当然,世界历史上的每一个"大国"都是基于不同的资源条件、在不同的历史环境和不同制度框架中"崛起"的,没有两个国家的"崛起"之路是完全相同的。一个国家如何才能"崛起"

为"大国",并没有固定而明确的法则,关键在于这个国家的人民和政府充分利用自己所能控制的资源和环境,敏锐把握历史机遇,采取适当的发展策略,充分发挥人的创造能力,努力将自己的国家建设成为一个繁荣富强、自由公平的国度。美国的发展经验所提供的只是这样一种启示,而不是什么"放之四海而皆准"的轨则。

(2008年1月写于天津)

美国获取世界领导地位的国内政治资源

我们在思考美国如何获取世界领导地位的时候，往往容易忽视一个基本的事实，即美国是世界上历史最悠久、连续性最强的现代民主国家，而美国成为"世界领袖"的过程、方式和意义，都同这一点有着至为密切的关联。《踌躇的霸权》在研究取向上既采用了国际史和跨国史的视野，也致力于把美国外交史嵌入美国历史的语境；前一点反映了美国史学近期的一个突出趋势，后一点则不仅对国内的美国外交史研究具有纠偏的意义，而且也为我们提供了一条有益的思路，启发我们更好地理解美国的政治文化、政治制度和权力模式，是如何影响和制约美国取得世界领导地位的历程的。

《踌躇的霸权》讲述了美国在崛起后寻求国家身份和构建国际秩序的故事。作者不仅关注20世纪，特别是二战之前由欧洲列强主导的国际秩序的危机，以及由工业化和全球化所造成的世界面貌的巨大变化，还用细腻而通透的笔法描述了美国决策者在政治理念上的分歧以及社会舆论气候的变化，详尽地讨论了美国在不同层面上就对外政策方略进行的激烈辩论。在我看来，美国之所以在崛起后就是否担负世界领导责任的问题犹豫不定、踌躇再三，很大程度上受制于民主政治在重大决策上形成共识的途径。

据汉娜·阿伦特说，在古代城邦政治中，言说就是行动；"任何事情都要取决于话语和说服，而不是取决于暴力和强迫"。研究古代希腊的学者也强调，雅典民主最突出的特点，是通过以"平等发言权"为基础的公开辩论来形成决定，而不是依靠强势人物"拍板"。不妨说，各种意见的公开表达，不同观点的论辩，多种主张的博弈和折中，体现了民主决策方式的基本特征。从殖民地时期开始，美国的公共生活就显现了类似的苗头，就公共事务展开公开辩论更是构成了美国政治史的重要内容。独立前殖民地与母国的辩论，制宪会议内外的辩论，围绕汉密尔顿财政经济政策的辩论，关于法国革命和亚当斯政府举措的辩论，内战前关于奴隶制的辩论，进步主义时期关于社会改革的辩论，都是显例。美国在崛起为世界大国之后，究竟应当在世界事务中扮演何种角色，应当以何种方式发挥领导作用，在20世纪上半叶引发了两场大辩论，直到二战结束前才在社会和政界达成共识：美国应当以不同于传统"霸主"的姿态领导世界，构建"美国化"的世界秩序来维护美国的利益，同时为世界谋求和平与繁荣。由此看来，美国在世界领导责任面前的"踌躇"，并不是消极的犹豫和观望，而是出于民主政治的特性所做的讨论和探索。

以辩论而达成共识，不仅可以对政策的风险和陷阱进行预测，以提高决策的合理性和可行性，更重要的是能让民众知情。在以人民主权为立国原则的民主体制中，知情权是民众最重要的权利。介入世界事务，充当国际秩序的设计者和维护者，这不是一般意义上的公共决策，而是扭转美国外交政策取向的大动作。这样一个重大的转变，在民主的语境中根本不可能仓促地一蹴而就。在围绕国联的辩论和珍珠港事变前的辩论中，虽然参与各方唇枪舌剑，互不相让，但其实际效果则类于反复斟酌、仔细商兑、辨析利弊、选取路径乃至推敲方案。这个过程不是完成于密室，而是呈现在由会议、报刊和广播等构成的公共空间中。"民主辩论"的意义在于使政策议题公共化。虽然参与辩论的主要是政界和社会的精英，但是辩论所产生的信息和观点则可为民众所分享，有利于他们知晓政策转向的由来和依据。

同这一点相关联的是，美国外交受其性质和操作方式的制约，在决策和推行中都难免带有秘密色彩，但是，大政方针的形成以及对政策后果的评估，却属于公共政治的范畴。在美国，公共政治通常表现为公开讨论、社会抗争、压力集团和舆论监督。因此，对美国政府来说，争取民意的理解和支持，是任何外交政策出台和实施的基础。政府要影响乃至塑造民意，只能依靠说服；而说服则必须借重民众信奉的价值，采取民众习惯的语言。据《踌躇的霸权》所述，在孤立主义与国际主义的博弈中，自由和民主等美国政治的核心价值，始终是衡量对外政策的合理性和必要性的准绳。无论是主张保持孤立主义，还是倡导转向干涉主义，其关键都要看是否有利于美国的自由和民主，是否有利于自由和民主在世界的传播。这就是说，美国的政治文化传统是美国政府就外交政策转向对民意进行动员和引领的主要资源。与此同时，在民主政治中对外交政策的后果和意义所做的评估，也离不开民众在舆论和投票中所表达的立场。即便那些与对外政策有着直接利害关联的企业和财富集团，也必须借助竞选捐款、立法游说来表达自己的利益诉求。可见，按照公共政治的规则和运行方式，美国政府的外交政策在不同的层面受到不同形式的制约，领导人不可能完全根据一己之意行事。伍德罗·威尔逊和富兰克林·罗斯福同国会的博弈，以及他们对公共舆论的顾虑，都有力地说明了这一点。美国之所以采取"不情愿"的姿态登上世界领导地位，不仅是受到了种种情势的制约，而且也反映了民主政治的特点。

另一方面，美国作为一个"古老的"现代民主国家，在处理国际事务时必然体现其民主的价值和权力运作方式。威尔逊对一战后国际秩序的设计，20世纪20年代美国对世界和平与国际关系法治化的追求，在冷冰冰的现实主义者看来，未免显得幼稚和虚幻；但是，这恰恰体现了生活在民主社会的人们对国际关系的理想化追求，他们不愿以邪恶的原则来实现自己的利益。相较于同一个时期德国和日本正在酝酿的战争狂热，美国人力图使国际关系"文明化"和"人性化"，应当说是一种富有意义的尝试。我们不能因为这种努力未能对抗邪恶的力量而轻视它，甚至嘲笑它，那样我们就跌落到当时德国和日本的军国主义者的层次上了。《踌躇的霸权》明确指出,"美国倡导的自由主义国际秩序在很大程度上也是美国国内秩序的翻版,是美国价值观的外化"。概而言之,联邦主义、宪政主义和共和主义是美国构建国内秩序的原则,也塑造了由此形成的国内秩序的特征;公共福祉、自由、平等和法治,是美国传统的核心价值,是激励美国人"追求幸福"的精神资源。《踌躇的霸权》还断言,"没有国内宪政民主与市场经济实践,美国不可能提出自由主义国际秩序"。我很赞同这个判断。进而言之,正是由于以自己的"国内政治经验"作为基础,一种由美国这样的民主国家所主导的世界秩序,才会与此前的任何国际体系有那么显著的不同。

因此,要认识二战以来世界秩序的特点以及美国作为世界领导者的作为,必须首先了解美国国内政治发展的经验。美国在成为"世界领袖"之前,早已是一个成熟的现代民主国家。美国革命时期形成的政治体制,带有精英主政的共和主义性质;经过19世纪初开始的政治民主化,美国出现了当时世界上唯一的大众民主体制;内战和重建则强化了联邦主权,推进了"国族构建",美国成长为一个民主属性的现代"国族国家";进步主义改革和新政的施行,则扩大了民主的范围,拓展了自由的内涵,工业民主、经济权利和社会自由成为美国新的政治价值。美国历史中形成的政治价值和与之相应的体制,在根本上是契合人性的,有益于人类追求安全而有尊严的生活。美国力图把民主的价值和经验注入国际关系之中,不仅使自己担当世界领导责任具备道德上的合理性,而且首次使国际关系具备了正义的内涵。这在世界历史上无疑是一种创举。

机缘巧合的是，就在美国社会取得共识、政府下定决心充当世界领导者的时候，民主正随全球化运动而在世界上广泛扩散，自由、平等和公正成为越来越多人的追求。塞缪尔·亨廷顿论及，1828—1926年为现代世界的第一次"民主化长波"，"民主在约30个国家取得了胜利"；1943—1962年为第二次"民主化短波"，"民主国家"从二战之初的18个增加到30个以上。根据这一说法，当威尔逊试图以"十四点"来构建一战后的国际秩序时，世界正处于第一次民主化浪潮的尾声；而在罗斯福领导美国政府着手设计二战后的国际秩序之际，世界正步入第二次民主化浪潮的开端。在这样一个民主化的时代，由一个历史上"最古老的"现代民主国家来担当世界的领导者，看起来真是因缘际会，具有某种"历史的合理性"。

毋庸置疑，美国取得世界领导地位，所凭借的首先是经济、技术和军事上的强大实力，其次是二战所带来的特殊的历史机会。不过，美国既然具备了世界历史上任何"霸主"都不曾拥有过的经济、技术和军事实力，却为什么没有像以往的"霸主"一样夺占领土、争取"生存空间"、建立"有形帝国"呢？可见，美国之登上"世界领袖"的地位，并不仅仅是实力和机会的产物。如前文所说，美国是一个现代民主国家，美国的体制，美国人所信奉的价值，正成为世界上越来越多的人民的共同追求，从而使这个新的世界领导者拥有较大的政治和道德上的合法性。也就是说，美国基于民主的价值和体制，对自己的国家身份做了独特的界定，因而得以拒绝外交取向的"传统化"或"欧洲化"，由此成为世界历史上从未有过的新型"霸权"。借用国际政治理论来说，二战结束前后的美国不仅具备超一流的"硬实力"，而且拥有无可比拟的"软实力"。如果仅凭"硬实力"来主宰世界，那充其量只是一个传统型的"霸主"，而不是真正的"世界领袖"。"霸主"和"世界领袖"区别在于，前者以暴力和强制来获取服从，后者还可以期待自愿的追随。也即是说，美国在以干涉主义方式担负世界领导责任的同时，早期美国人所推崇的"自由灯塔"也并未变得黯淡无光。

于是，捍卫和巩固美国作为"世界领袖"的道德基础，也就成了美国的另一种核心利益。那些不满乃至挑战美国的国际地位的人，对于这一点自然是洞若观火的。因之，他们质疑和抨击美国的一个基本手法，就是解构美国在文化和体制上的优势。他们强调，美国文化中存在过度的个人主义的毒素，民主政治具有强烈的虚伪性，历史上曾长期实行基于种族和性别的奴役与歧视，社会上始终存在严重的两极分化；因此，自由和民主不过是美国谋求实利的"遮羞布"，美国取得"世界霸主"的地位，不过是巧妙地利用了两次世界大战带来的机会。总之，美国的制度和文化弊病甚多，历史上的污点不少，处理国际关系时也是劣迹累累，根本不配做世界的领导者。

诚然，美国的民主绝非完美，社会弊病甚多，对此很多美国人也不讳言。更重要的是，美国所倡导的价值和体制在当时的世界还不具备普遍性，许多国家难以理解美国式的自由和民主，更有国家把它们视为洪水猛兽。因此，当美国不断以自由和民主的话语来界定其对外政策的目标和意义时，他们便斥之为"骗人的幌子"。再则，美国的历史和文化同样十分复杂，任何"化约论"式的看法都难免带来扭曲。个人主义也许是美国社会文化的特点，但很可能只是一个侧面；此外，信任、互惠、协作和结社也是美国一种强大的传统，这便是政治社会学家所说的"社会资本"。这种"社会资本"正是民主政治的根基所在。美国民主当然有其欠缺，而且经常遇到严重的考验，用查尔斯·蒂利的话说，"去民主化"是美国历史上的常见现象。不过，美国民众并没有轻易放弃民主化的努力，社会抗争、警惕权力和推动公共参与始终伴随美国政治的发展。美国的确长期存在奴役和歧视，然而同时也长期存在反对奴役和歧视的斗争，而且奴役的废除、对歧视的限制也主要是美国人自主努力的结果。这同那些习惯于忍受不公、顺从奴役并把歧视正当化的社会，无疑有天渊之别。美国的社会差别也是引人注目的，美国人也无从掩饰；但是，古往今来，完全平等的社会似乎也是十分罕见的。归根结底，即便美国社会从过去到现在都存在弊端，美国政府在国际关系中也屡屡犯错误，但也不意味着威尔逊和罗斯福所倡导的集体安全、自由贸易、民族自决、民主化、人权保障、大国合作等国际关系准则是毫无意义的。

人际关系中的最大局限在于，人们无法用对待自己及亲朋的真诚和善意来对待所有人；国际关系的最大困境则是，任何国家都不能用正常的人际伦理来规范与他国的交往，因之国际关系始终难以摆脱"前社会的丛林状态"。美国从二战期间开始着手构建一种"美国化"的世界秩序，力图以美国的价值和政治经验来改造国际关系，扭转"丛林法则"主导国际关系的局面；从威尔逊到罗斯福时代的不少美国人相信，这样做不仅可以维护美国自身的安全，也有利于世界的和平与发展。这看起来确实带有某种一厢情愿的天真气，而且在实践中也遇到了种种的难题和困局。自二战结束以来，许多国家并不接受美国的世界领导地位。关于美国在国际关系中的作为和表现，不同的国家，甚至同一国家里不同的人，更是有着不同乃至针锋相对的评价。而且，在国际关系中是否需要一个领导者，如果需要，又应当由哪个国家来担当这一角色，也是聚讼不休的问题。我在这里无意介入这方面的讨论，而只是想说，任何有意挑战美国的国际地位乃至谋求由自己来领导世界的国家，除了掂量自己的经济、技术和军事实力之外，还必须考虑本国的文化和体制能够带来何种道德资源，能为世界提供何种榜样，以及自己愿意为世界责任付出何种代价，这样做又能给本国带来何种利益。在这些问题上，《踌躇的霸权》所讲述的美国故事，包含着不少深刻而有趣的启示。

王立新：《踌躇的霸权：美国崛起后的身份困惑与秩序追求（1913—1945）》，中国社会科学出版社，2015年。

（2016年1月写于上海）

美国早期史研究杂谈

我最近出了一本书,叫做《美国的奠基时代(1585—1775)》。在写这本书的时候,我遇到了不少困难,产生了许多困惑,也有一些感想。目前,国内的美国早期史研究已有一定的积累,但在整体上还处于比较冷寂的状况。我想结合这本书的写作情况,就美国早期史研究的几个问题谈点零碎的想法,也算是对早期史研究的粗浅反思吧。

说到美国的"奠基时代",头一个问题就是如何确定它的起止年代。国内外史学界有各种各样的说法。有的从印第安人讲起,有的以1492年为开端,有的定在1585年英国开始尝试在罗阿诺克岛建立定居点,还有的把起点放在1607年。可别以为这只是年代的不同。实际上,背后还有更丰富、更复杂的因素在起作用。人们在选取年代时的参考框架以及他们写作时所流行的史学思潮,都会对时间概念发生影响。前面提到的各种说法固然都有道理，也各有依据。至于结束的时间，学界也有不同的意见。我这本书讲的"奠基时代"，并不是一部完整的美国早期史，而只是早期史的一段。按照通行的说法，美国早期涵盖从殖民地到建国初期这一时段。建国初期的"初"，具体是什么时间呢？有的说是1814年，也就是第二次美英战争结束的时候；有的算在杰克逊当政以前；有的甚至延伸到杰克逊当政时期。美国有一个早期史刊物，叫做《早期共和国杂志》，上面刊登的文章，有的就涉及杰克逊时代甚至更晚时期的事情。

我这里讲的"奠基时代"，在传统上叫做"殖民地时代"。美国鼎鼎有名的早期史大家中，有一位叫做查尔斯·安德鲁斯，他的四大卷巨著，标题就是《美国历史上的殖民地时期》。实际上，他还只写到了殖民地时代的初期。美国有些关于殖民地时期的书，题目叫做《英属北美殖民地》或者《殖民地时期的美国》，各式各样的提法都有。20世纪60年代，有个早期史名家叫做克拉伦斯·维尔·斯蒂格，写了一本殖民地时期的通史性著作，标题是"The Formative Years"，可以译为《成形的年代》，叙述从白人拓殖地建立开始，北美如何逐渐成为一个具有自主发展能力、具备独立发展基础的社会。所以，他把这个时期叫做"成形的年代"。这本书可以跟西蒙斯的早期史形成互补。他们两人的思路不大一样，着重点也不相同。西蒙斯写到独立战争爆发，而斯蒂格只写到1763年。

研究美国早期史面临不少特殊的问题，跟研究19世纪和20世纪有很大的不同。在这个领域要处理的"关系项"很多，比方说白人社会和土著社会的关系，奴隶制和自由的关系，北美和英国的关系，英属殖民地和法属殖民地、西属殖民地的关系，各殖民地之间的关系，北美文化的移植、转换、变异以及同欧洲文化的关系，北美社会的依附性和自主性的关系，等等。所以，早期史牵扯的问题特别多，如果不把这些问题弄清楚，对美国早期史就不会有一个非常明确的概念；同时，在理解此后美国社会变迁的来龙去脉时，也不会有非常明晰的看法。在这一点上我自己是有教训的。我过去写过一些东西，对美国历史上一些非常重大的问题理解得很肤浅，有些甚至很可笑，因为我当时对许多事情只知其一不知其二，知其然不知其所以然。可见，不管研究哪一段，读一点早期史的书是有好处的。不过，我在写这本早期史的时候，发觉只读美国史的书也是不够的，还要读一些英国史的书。于是，我又花了很多时间了解15至17世纪的英国史，因为这对于理解美国早期史上的很多问题，的确大有帮助。按照J. G. A. 波科克等人的研究，意大利史也很重要，像马基雅维利时代的政治思想，在美国建国时也发挥了影响。此外，法国史、西班牙史、拉美史，以及西印度群岛的历史，也都是绕不开的。总之，研究早期史，牵扯面太广，有很大的难度。

早期史的资料非常零散，不像后来的美国历史，因为有一个全国性的框架，资料比较系统和完整。而且，越到后来，保存下来的资料就越多，人们保存资料的意识也越强，学者就不必为找不到资料而发愁。我们今天这个时代保留历史资料的途径就更多了。其实，资料太多也不好办，还是研究较早的时代相对省心一些。再过50年,研究我们这个时代的历史,要看的东西就太多了,文字的,实物的,声像的,各种各样的资料都有。美国早期史的资料却很零散,收集起来特别不方便。如果只看到一点点材料,就想得出一个很大的结论,需要很大的学术勇气。那时的北美社会有很突出的分散性,有的学者把它比喻成由很多孤立的岛屿组成的社会。人们相互之间往来不多,联系较少,共同性的事件也就少一些,共同性的趋势也没有后来那么明显。这样一来,要从个别的材料得出一般性的结论,就有很大的风险。

早期史的资料也不易解读。17、18世纪的英文跟现在有明显的差别。我在伊利诺伊大学访问的时候,有个政治学系的老师跟我讲过一个笑话。他上课时讲到霍布斯的《利维坦》,要求学生读原文。有个学生忍不住问老师,霍布斯到底是哪个国家的人?老师说是英国人。学生反问道,那他为什么不写英文呢?霍布斯写的是17世纪的英文,连美国大学生都读不懂,觉得那是外文。这说明,早期史文献读起来确实不容易。那时的人写文章喜欢绕着弯讲,不直接把意思说出来。拼写规则,字母样式,跟今天的英语也不一样。至于那些手写的文件,当然就更不好懂了。虽然多数文献都已经整理和出版,可是手写的文件也不能一点都不看。我曾找到罗杰·威廉斯的书信影印本,还真是看不懂。手写体本来就难以辨认,更何况是17、18世纪的手写本。

另外,外文资料不能直接原文照引,需要翻译,这是外国史写作所特有的要求。我在写书的时候,一个非常头痛的问题就是如何处理译名。有些殖民地的最高权力机关叫"general court",

有人译成"大法院",这是直译;有的译成"总法院",那就更"直"了。翻译时要有一点历史语义学的知识,要知道一个词的来龙去脉。"court"这个词,在17、18世纪的英语当中有很多的意思,"法院"只是其中之一,更多的时候是当"会议"讲。当时商业公司的董事会就叫"court"。照这么说,这个"general court",无非就是个"会议",由于总督出席,参事到场,民选的代表也在座,所以前面加了"general"一词。根据这一点,看来还是译成"大议会"比较恰当。1641年马萨诸塞编了一部 *Body of Liberties*,这个名称怎么译,也让人颇费斟酌。"body"这个词的用法,除了我们今天所熟悉的含义,在当时还指"a pandect"(法典)或"a general collection"(汇编)。这里的"liberties"也不是指抽象的"自由",而是具体的"权利"。可见,*Body of Liberties* 实际上是一部关于居民权利的法律汇编,不妨译成《自由权利法典》。

上面讲的这些,还只是一些浅层次的困难。研究早期史的真正难题在于,有许多重大问题一直存在争论,不大容易把握。我们开口就说"殖民地史",这种提法本身就是一个问题。我们过去叫"殖民地时期的美国",可是殖民地时期还没有美国,这么说并不合适;后来又说"美国历史上的殖民地时期",这个说法大家一时还能接受。但是,在当前的史学风气之下,把1775年以前的历史笼统叫做"殖民地史",问题就更大了。时代思潮在变化,史学观念也在变化。按照一般的说法,英属北美是英国人建立的,称"殖民地史",似乎就是指以英格兰裔居民为中心的历史。但是，现在美国多元文化主义的气氛很浓，不能再把美国历史看成白人的独角戏，看成是盎格鲁-撒克逊人的故事汇编；美国历史是由很多的种族、族裔和人群共同参与、共同演出的多幕剧。显然，"殖民地史"的提法，抹煞了其他种族和族裔在早期史上的作用，如果有人要较真儿，还会牵扯到"政治正确性"的问题。我在写这本书的时候，感到还是不用"殖民地史"提法为好，目的是要尽可能反映北美土地上不同人群的经历，以及他们在历史进程中所起的不同作用。

另一个问题是如何看待各殖民地之间的差异和联系。英国在北美建立的殖民地有13个，有人说是14个，把新斯科舍也包括在内。这些殖民地彼此间的差异非常之大，这些差异表现在各个方面。大家翻开书一看，就知道各个殖民地建立的时间和建立的人都不一样，居民来源也不相同，土地制度有差别，经济、宗教和生活都各有特点。而且，各个殖民地之间的关系也很复杂，有往来，有矛盾，有冲突，但总体上是扯皮的时候多，合作的时候少。出乎意料的是，这些差别纷繁、相互猜忌的殖民地，到后来居然联合起来，组成了同一个国家。国内有个研究拉美史的学者问我，英属北美殖民地当时分歧那么厉害，后来却建成了一个统一的国家，西属美洲起初统一性很强，后来却变成了那么多的国家，这种"一合一分"的差别是如何形成的呢？这是一个很重大的问题，我还没有完全想透，不知道这种差别的根源究竟在什么地方。这主要是由于我对西属美洲的历史不熟悉，不敢随意加以比较。不过，如果单从13个殖民地的情况来看，后来的联合还是有不得不然的理由的。

第一，虽然殖民地有13个，看起来差异不小，但还是有某种明显的共性。它们在政治主权上有一个共同的归属，都叫做"英属北美"。英国的这种主权管辖，就是一种无形的黏合剂。因为共同生活在一个政治主权之下，这些差异很大的人群慢慢就能产生共性。在同母国"反目成仇"以后，这种共性很快就转化成了凝聚力。这一点下面还要展开来谈。另外，这些生活在英属殖民地的人，虽然远离英国本土，却有一个很强烈的愿望，要像英国人一样，享有同样的权利、同样的豁免和同样的生活，在风俗和穿着打扮上都要像英国人。所以，他们大力追随、模仿英国的时尚，关心英国的动向。殖民地的报纸上经常刊登欧洲的消息，英国王室的活动，政局的变化，还有社会新闻之类，都很受读者关注。直到1763年以后，殖民地报纸上关于本地的消息才多起来。这些表明，他们在文化上有一个共同认可的榜样。一起向母国学习，这有助于消除差异，在文化上逐渐趋同。当然，趋同不是变得完全一样，差异始终还是存在的。

第二，北美的居民当中有许多不同的种族和族裔，一般讲北美是"三种族社会"（tri-racial society），有白人、黑人和印第安人。在美国历史上，长期习惯于把本国居民分成白种人和有色人种，这种大而化之的做法，很容易混淆美国人中复杂多样的族群和文化。在殖民地时期，即使是白人中也有不同的族裔，相互之间有明显的差别，他们的长相、语言、宗教和生活习惯，都是各式各样的。不过，北美白人中的族裔虽多，却是一直以英格兰人为主体的。英格兰人无论是在人数、语言和制度上,还是在生活方式和价值观念上,都占据主导地位。就是说,北美大地万壑争流,但有一条大河构成它们的交汇处。在近期的美国史学界,确实有人用"交汇"(convergence)来描述美国早期的历史。他们把欧洲文明、北美土著文明和非洲文明的"交汇",视为美国历史和文化的起源。这种说法暗含一个预设,就是把三种文化的意义等量齐观。这种说法引起了很大的争议,我个人对此也有不同的想法。美国早期社会和文化固然有突出的多样性,但其中始终有一条明显的主线。基调是由英格兰人确定的,他们的制度、器物、组织和观念支配了早期北美历史的走向。基于英格兰裔居民和他们的文化,英属北美这些差异纷繁的殖民地逐渐变成了一个共同体;独立后的美国,也长期是一个英格兰裔居民主导的国家。

第三,北美殖民地之间的内部移民,对共同体的形成也起了促进作用。我们过去关注从欧洲向北美的移民,但不太重视北美内部的人口流动。移民来到北美,最大的期望就是获得土地,成为独立的农场主,改善自己和子女的处境。可是,在那些开发较早、交通便利的地区,人口密度越来越大,土地不够分配,尤其是下一代能得到的土地越来越少。于是,许多人就向有土地的地方迁移。在17世纪中期以后,跨殖民地的移民变得越来越活跃。马萨诸塞人向康涅狄格河谷迁徙,宾夕法尼亚人去纽约西北部拓荒,新英格兰地区、纽约、宾夕法尼亚的人口流向北卡罗来纳西部和佐治亚,佐治亚也有人迁移到南卡罗来纳,由此形成一个纵横交错的内部人口流动网络。跨殖民地的移民以青壮年居多，而且一般家境较好，因为新迁到一个地方，必须有一定的资金来买地和农具。而且，这些人大多受过一点教育，到了所谓的"边远地区"（backcountry），马上就建立学校和教堂，把欧洲文化带入偏僻之乡。这种内部的人口流动，实际上进一步传播了白人文化，使不同殖民地的居民相互混合，不同人群之间的共同点增多，联系趋于密切。

第四，英国的政策也在无意中推动了各殖民地居民的趋同。英国在1763年以后强化对殖民地的管理和控制，出台了不少新政策。这些政策带来了出人意料的后果，殖民地居民长期以来早已习惯的生活方式受到了它们的冲击和威胁，这同他们对自己的定位和对未来的期望是大相径庭的。经过长期的发展，北美居民觉得自己早已成熟壮大，应该和英国本土的居民平起平坐，应该自己管理自己的事情，可是英国反而横加干涉，这就使他们滋生屈辱感和不安全感。如果纯粹从经济利益考虑，英国的政策对殖民地到底有多大的损害？当时英国的税收高达20%，而北美所有的税加起来也不会超过5%。英国在殖民地征的税不仅比英国本土低得多，而且大部分要用在殖民地身上。所以说经济利益不是最大的问题。最大的问题在于，这种征税政策对殖民地居民的心理产生了严重的冲击。在同母国的关系中，他们长期养成了"不受干涉"（to be let alone）的习惯，英国议会突然推出多项新举措，让他们难以接受，感到自己的自由和权利受到了母国的威胁。于是，他们写文章，开会，发决议，举行户外抗争，陈述自己的理由和根据。各地居民越来越强烈地意识到，他们遇到了共同的危险，面对一个共同的对手，于是有了共同的感受，形成了共同的利益。这样一来，联合就是水到渠成的。1774年第一届大陆会议通过了《联合协议》。内战即将来临之际，林肯在第一次总统就职演说中说，南方分裂势力说是各州创造了联盟，州先于联盟，因而州有权退出联邦；这是完全不对的，因为在州出现之前就有一个《联合协议》，这才是美国诞生的标志；也就是说，联盟是先于各州的，州无权退出联邦。林肯用《联合协议》来反击南部的观点，这是他对历史的"活学活用"。我这里提到《联合协议》，是想说明英国的政策适得其反，一步一步把殖民地推到了自己的对立面，使他们找到了联合的基点。

第五，13个殖民地变成一个统一的国家，还有一种特别重要的黏合剂，就是他们在价值观方面有根本的共识。殖民地居民的价值共识，是基于对自由的热爱、对权利的重视而形成的。自由和权利，在有些人看来可能是很抽象的东西，是自由主义大师们的阐述，是来自伯克、贡斯当、托克维尔、柏林、哈耶克的理论。但是，在17、18世纪的北美，"自由"首先不是一种"主义"，而是一系列存在于生活当中的实际权利。"自由"不是被建构出来的，它是在社会演进中逐渐形成的。对于当年的北美居民来说，"自由"乃是他们身边的现实。正是由于自由和权利跟人们的日常生活有那么密切的关系，所以帕特里克·亨利那一句"不自由，毋宁死"，才会不胫而走，引起广泛的共鸣。不过，在北美殖民地也存在自由的悖论。不自由的人很多，各地都可以见到黑人奴隶和契约仆。美国学者对这个问题做过研究，发现正是因为有不自由的人存在，才使自由的人感受到自由是多么地可贵，才会倍加珍视，生怕失去。艾德蒙·伯克对这一点有非常透彻的评论。在1775年殖民地同母国的冲突愈演愈烈的时候，伯克在英国议会中发表演讲说，在世界上所有的居民当中，没有任何一个地方的人像北美人那样把自由看得那么重；任何东西只要会损害自由和权利，北美人就会变得桀骜不驯，就不惜跟人拼命。在我们今天看来，殖民地居民反对母国是很不合算的，许多人失掉了发财赚钱的机会，而且一旦造反失败，领头的人还会上绞刑架。那么，他们为什么非要造反不可呢？按照伯纳德·贝林的说法，是因为他们觉察到母国有剥夺他们自由的阴谋。这种"阴谋说"可能是一种错误的认识，但贝林意味深长地说，正是这种错误的认识改变了历史。这表明，北美居民基于对自由的崇奉，共同走上了联合反英的道路。

在美国革命时期，经过建国精英的努力，上面讲的这些因素被拧成了一条纽带，把独立的13个邦国联结在一起，组成了一个联盟式国家。但是，这个统一的国家还有不少问题，后来也遇到了严重的分裂危机，经过残酷的流血厮杀才避免了解体的结局。到今天，又有人发觉美国在文化上面临分崩离析的危险。从大的方面说，美国的联合还是比较牢固的，虽有波折，但没有翻船。

另一个重要的问题，涉及英属北美的文化特性。这个问题包含两个方面：一是在美国文化的起源和形成中，究竟有哪些因素起主导作用；二是有没有一个地区的文化特性占主导地位，或者说是否有某个文化的核心区域,成了美国文化的诞生地。

美国学者围绕这些问题争论了很多年,有多种不同的说法。过去常说,在美国文化中,有些根本的东西来自于英国;不过,移民带来的英国文化因子,在北美的环境中发生了变异,最终结出来的果实,模样和滋味都跟原来的品种不同。不少美国学者都注重北美环境的消解和改造作用,认为移民及其后代通过对环境的"创造性适应",使英国文化不断发生变化,最终形成了美国文化。还有一种说法,当时移植到北美的文化有很强的共通性,都是英格兰文化,差异并不明显;但是,在后来的发展中,地域的差异越来越明显,形成了若干种地域性文化,这是一个由同而异的过程。我个人以为,在考察美国文化形成时,首先要考虑究竟哪些是美国文化中最根本的东西,这些东西究竟是怎样形成的。曾经有个美国人问我研究美国史的哪一段,我回答说是殖民地时期,并且开玩笑说,这可是你们的古代史啊。他马上就说,不对,我们的古代史是希腊罗马。他一下子就把美国历史的源头推到了古希腊罗马,把美国变成了一个"文明古国"。他的说法体现了一种倾向:把美国文化作为"西方文化"的分支,把古希腊罗马作为他们共同的渊源。这当然只是流行的见解。从严格的学理上讲,美国文化的渊源究竟应当追溯到哪里?伯纳德·贝林提出了一个解释框架。他从政治文化着眼,首先否认了启蒙运动的根本性影响,然后又压低了洛克的意义,强调英国政治反对派对北美政治文化形成的重大影响。他承认美国政治的渊源确实在于英国,但在北美经历了一个转化的过程。"渊源"(origins)和

"转化"（transformation），这是贝林在解释英美文化联系时所用的两个核心概念。从北美文化演进的实际来看，确实有这样一个"转化"的过程。但问题是，究竟是哪些因素促成了这种"转化"呢？传统的思路是聚焦于环境的不同。实际上，环境的作用是被动的，只有人作用于环境的时候，它才会起作用。对北美文化的形成来说，不同文化之间的竞争和互动具有更加突出的意义。印第安人的生活方式和生产技术，他们培育的一些作物，以及他们和殖民地居民的关系，都对北美文化的演化产生了影响。还有黑人所带来的西非文化，奴隶所提供的劳动和技术，对北美文化的形成也有作用。种族奴隶制在欧洲很多国家是没有的，在英国也不常见，这是北美的一个突出现象。弗吉尼亚的大种植园主威廉·伯德第二说，身边有那么多能够扛枪的黑人，一旦有人出来鼓动造反，那白人还不会血流成河？这种威胁的存在，对于生活在南方黑人奴隶很多的地区的白人，在心理上和习惯上都不是一件小事，都会塑造他们的社会结构和生活方式。

接下来的问题是，到底有没有一个中心区域为北美文化的形成提供一个基地？以往历史学家长期相信有这样一个地区，这就是新英格兰。现在国内有人写文章还说，新英格兰的清教、自由持有土地制度、自由的学校、自治的体制、自由权利法典等，奠定了后来美国发展的基调。第一个对这种观点系统地提出质疑的美国学者，是杰克·菲利普·格林。他在《对幸福的追求》这本书中提出，新英格兰在北美并不是典型，而是例外；新英格兰有的东西，在别的地方都不存在，影响也非常之小。他认为，在各种因素的作用下，各种不同的地域性文化差异越来越小；这种不断趋同的过程，为美国的文化形成提供了合理的解释。这种说法考虑到了许多具体的因素。比如说，我们容易把来自英国的移民想象成完全一样的人，可实际上，当时英格兰虽然是一个小国，但内部有鲜明的差异，来自不同地区的英国移民给北美带来了不同的文化，于是各殖民地、不同地域的文化就出现了差异。这样就不能说，新英格兰地区主导一切。弗吉尼亚很难说受了新英格兰多大的影响，宾夕法尼亚也有自己的发展轨迹。共性是随着发展和变化慢慢出现的。当然，这是一个需要进一步探讨的问题。附带谈一点，国内学者谈到美国文化的起源，必定追溯到清教。其实清教本身并不是铁板一块的，它前后有不小的变化，对新英格兰社会的影响在总体上也呈衰落和退化之势。17世纪末到18世纪初，有一些清教信仰强烈的老人，忧虑清教的前途，觉得新英格兰在衰落，清教在死亡，波士顿即将完蛋，老人们在流泪，年轻人在堕落。清教殖民地有一个非清教化的过程，不宜笼统地说清教如何如何。总之，研究历史的人要有具体的时空概念，各个时期不一样，各个地方也不尽相同。

最后，我还想再谈一下美国早期史研究的意义。在美国，早期史是一个积累深厚的领域，它的重要性同古代史在中国史框架中的地位是一样的。这个领域出了不少大家，我们今天说得上来的史学名家，比如班克罗夫特、帕克曼、菲斯克、特纳、比尔德、安德鲁斯、吉普森、米勒、詹森，直到今天的布尔斯廷、摩根、贝林和伍德，都是研究早期史出身的。但是，国内对美国早期史的研究相当薄弱。有人说,早期史能代表美国史吗?那不过是几个殖民地的事儿。研究美国史,就得研究20世纪的美国。可是,观察一棵树,只盯着树冠,树根和树身都不管,能看得清楚吗?

20世纪60年代以来,美国的早期史研究发生了许多变化,地方史和社会史的研究非常活跃,多元文化的研究也是成果迭出。过去没有被人注意的事情受到了重视,过去被人忽视的群体进入了史家的视野,早期史变得更加丰富多彩。不过,美国史学也有一个突出的弊病,美国学者把它叫做"碎片化"(fragmentation)。许多人都去研究一个一个的小社区、一群一群的小人物,缺乏宏观的视野,没有必要的参照,就事论事,把边缘当作中心,用底层排斥精英,只讲社会不讲政治,近乎"卖什么就说什么好"。局面看起来很繁荣,但连一本较好的综合性著作也难以找到。可见,早期史领域也存在专题研究和宏观研究的协调和平衡问题,一味地专题化,对细部的研究越深入,对整体的把握也就越困难。但反过来说,微观研究深入和发达,总还是好于一窝蜂去做大题目,因为有大量专精成果在那里,一旦出现某个通人大师,就可以用来构建一个体大思精的叙事系统。

另外,美国早期史领域的风气也反映整个美国史学的趋向,这也值得我们关注。一位以研究欧洲史闻名的学者,叫做格特鲁德·希梅尔法布,在《新史学和旧史学》中对新史学有尖锐的批评。她提到一个有趣的例子:她认识的一位早期史专家,一直钻研一个村社,做得很不错;她就问道,尊驾研究的题目跟美国的建立这个重大的历史运动有什么联系？那人想了一会儿说，我还真没发现什么联系。希梅尔法布于是批评说，研究早期史，连美国建国这样重大的事件都不关心，这种工作还有什么意义呢？这个例子表明，老派的学者坚持认为，无论研究什么题目，都应该有一个总体的、宏观的框架，要关注两者的联系；只有找出历史运动的主线，细致的研究才有意义。这种主张跟新史学的理念和实践都是不合拍的。现在有些学者想搞调和，承认新史学的题材、视角、方法和理论取向都有一定的价值，只是过于琐碎，文笔太差，程式僵化。贝林把一些新史学论著叫做"社会科学研究报告"，说它们没有文采，缺少意趣，读起来味同嚼蜡。他倡导把传统史学的叙事性、故事性和文学性跟新史学的分析性结合起来，形成某种宏伟的"分析性叙事"。这是一个宏大的构想，成功的例子不多，也没有得到所有人认可。从长远的发展看，新史学和旧史学需要取长补短，相互促进。现在有人在谈政治史的复兴、叙事的回归，都反映了人文学术中新与旧的相对性。

李剑鸣：《美国的奠基时代（1585—1775）》，

人民出版社，2001年。

（2001年10月据讲座记录整理）

美国早期的国家构建及其启示

讨论美国早期的国家构建，这并不是一个传统的历史学题目，它借鉴了政治学的"国家构建"理论。"国家构建"在英文中叫做"state building"，涵盖国家理念的形成和变化，国家制度的设置、调整和完善，国家的能力及其发挥的程度和后果。而且，"国家构建"也是一个持续的过程。在美国历史上，关于国家的理念在不断发生变化，国家的制度和功能也在不断调整，总的趋势是国家在社会生活中的作用越来越强大，人们越来越离不开国家。还有一个与"国家构建"相近的词，叫做"nation building"，不妨译作"国族构建"。一个国家要稳定长存，其国民必须克服族裔、文化、信仰、利益甚至人种上的差异所带来的不利影响，形成国家认同感，对国家保持忠诚，成为一个政治和文化的共同体。这个培育和维护国民对国家的认同和忠诚、以形成稳定的国民共同体的过程，就是"国族构建"。如果说"国家构建"强调的是制度和能力的层面,那么"国族构建"侧重的就是文化和心理的层面。两者互相强化,相辅相成。成功的国家构建会有利于国族构建,而同步进行的国族构建又能够促进国家构建。在现代世界,只有国族构建和国家构建齐头并进、相得益彰的"国族国家"(nation-state),才是比较稳定和巩固的国家。

美国早期的国家构建,涉及从殖民地后期到建国初期这一历史阶段,在美国的国家发展中具有特殊的意义。在这个时期,美国作为国家经历了一个"从无到有"的突变,从殖民地变成一个独立的国家,可以说是真正的"国家形成"(state formation或state making)的过程。而且,美国早期国家在很短的时期之内完成了"几级跳":北美最初根本不存在现代意义上的政治国家,17世纪初出现了欧洲人的定居点,到1776年13个英属殖民地变成了13个独立的邦国(state),这13个邦国在几年里组成了一个邦联,到1788年邦联又转变成联邦。可见,在短短十几年的时间里,美利坚国家在理念、制度和功能上经历了急剧的变化,浓缩了其他国家几百年、上千年的经验。不过,美国人急迫地需要建立一个强大的"state",但他们作为一个"nation"的意识却并不十分强烈;也就是说,在"国家构建"和"国族构建"之间存在着一种非常复杂的"张力"。值得庆幸的是,在美国早期的国家构建中,美利坚人的政治理想和社会理想是协调的,他们要建立一个不同于欧洲各国的新型共和制国家,而共和政体又是深深扎根在一个共和主义社会当中的。近期欧美不少学者关注现代早期欧洲的国家构建,认为欧洲现代早期国家演变的趋向在于形成一种"财政—

军事型国家"；但是，美国早期的国家构建走的却是一条有利于个性发展、保障个人自由的道路，也就是更强调把国家融入社会，使国家权力渗入社会当中以促进社会发展，而不是单纯地凌驾于社会之上并控制社会。另外，在美国早期的国家构建中形成的一些重要的理念和制度，对于其他国家的国家构建产生了极大的影响，为有些国家所效仿，甚至照搬。因之，考察美国早期的国家构建，也有助于理解其他一些国家的演变历程。

对于一个"从无到有"的新国家来说，立国原则构成国家理念的核心。美国的立国本着三条原则。第一条原则是"人民主权"。从理论上说，"人民主权"指的是在一个政治社会中最高的、终极的权力属于人民。虽然在美国早期国家构建中对"人民主权"的理解和运用存在很大的分歧，但无论如何，在美国革命和建国时期的历史语境中，"人民主权"原则切合当时政治社会的实际，是一种广泛的、常识化的信念。在18世纪中后期的美国，"人民"的概念比今天具体得多，有着今天所无法比拟的实在性，人民的形象也相对清晰可辨：他们是那些有权利参与公共事务的白人成年男性。而且，在美国革命时期，从基层社会一直到州和联盟的层面，有很多的机构和户外活动构成人民现身的场所。更重要的是，当时有一套切实可行的机制来体现人民主权，甚至让人民主权得到落实，具体包括立宪权、代表权、选举权和知情权。另外，由于落实人民主权有不同的方式，美国建国时期还出现了两种不同类型的民主概念，即人民亲自行使权力的"纯粹的民主"和人民选择代表行使权力的"代表制民主"。第二条原则是"共和主义"。在美国早期,共和主义既是一种社会理想,也是一种政治体制。作为一种政治体制的共和主义就是非君主制的政体,所有的官员都经由选举或任命产生。作为社会理想的共和主义强调的是,这个社会是由相对平等的公民所构成的,公民生活的最高价值是自由,而保卫共和国、维护共和主义纯洁性的最可靠保障是公民的美德。所以,共和主义社会就是以平等、自由和美德为基础的社会。美国革命一代认为,他们的社会是一个天然倾向于共和主义的社会,这个社会必须,而且只能采用"自由的共和制"。虽然当时美国人中也存在君主制倾向,但并不是主流。华盛顿拒绝拥兵称王,主要不是取决于他的个人品格,关键在于美国是一个共和主义社会,华盛顿也是在这个社会中成长起来的,他懂得在美国实行君主制并没有前途。第三条原则是"宪政主义"。在美国制宪以前,很早就有"constitution"这个词,但是美国革命改变了或者说扩展了"constitution"的含义。当时美国人开始用"constitution"来指一种写在纸上的根本法、固定法和最高法。实际上,今天人们所熟悉的宪法,从理念到文本格式,都是美国革命的产物。在美国革命一代看来,宪法的要义不外是两条:宪法是"掌权的人应当时时遵守的规则";宪法是"维护自由的永久宪章"。不过,写在纸上的宪法要变成宪政,需要民众和当权者都把宪法当作宪法,也就需要有一种宪政文化。早期美国人以宪法崇拜作为核心支柱的宪政文化,对于宪法向宪政的转化是至关重要的。美国宪政主义的最大特点是有成文宪法的宪政,是一种以限制政府权力来保障公民权利为最高政治准则的政治体制。以上三个立国原则，涉及的是政治国家的合法性问题，以及它的基本目标和运行方式，反映了美国早期的国家理念。

在世界历史上，有不少国家的立国原则和国家实践之间是脱节的，而美国的建国者不仅高扬了一套美好的立国原则，而且力图通过具体的制度和实践来体现这些原则，落实这些原则。美国早期的国家制度建设中遇到的最大挑战，就是如何安排国家主权。政治社会的最高的、绝对的权力属于人民，但人民自己不能掌握和行使这一主权，而必须把主权落实到国家的治理当中，这就是国家主权。美国建国时期国家主权之所以是一个很大的难题，其根源在于美国建国道路具有特殊性，而且当时美国人对待国家权力也有独特的心理。一方面，美国宣布独立时建立的不是一个国家，而是13个邦国，它们都号称拥有主权；《邦联条例》所设计的联盟式国家，并不是一个真正意义上的主权国家。另一方面，革命时期的美国人特别害怕权力集中，他们习惯性地把一个拥有巨大权力的政府与压迫和暴政联系起来，希望用各州的权力来平衡和抑制联盟的权力，防范或减轻压迫的风险。于是，费城制宪会议采取主权分割的办法，把一部分主权授予联邦，一部分主权留在各州，由此建成了一个二元联邦制的国家。但是，分割国家主权在理论上和实践上都面临很大的悖论和挑战。采取主权分割的二元联邦制固然是一种不得已的选择，但无疑是美国早期国家构建当中最大的败笔，留下了导致国家分裂的隐患。美国建国一代还设置了一套与立国原则和主权分割模式协调一致的国家制度，这就是多向复合的分权和制衡体制。美国建国者放弃了英国的等级分权理念，对权力的功能做了新的划分，发展了分权的理论。他们把权力划分为立法权、执行权和司法权，首次明确地把司法权作为一种独立的权力；而且他们强调不同功能的权力应由不同的机构来掌握和行使，否则就等于暴政。在三种权力和三个掌权机构的实际关系中，美国人没有采取英国那种立法权和掌握立法权的议会下院一家独大的"议会主权"体制，而是强调三种权力的平等和平衡，要在相互制约中实现合作。这种分权和制衡体制的旨趣在于力求合理地分配权力，合理地运用权力，以抑制权力的为恶倾向，保护民众的自由和权利。在18世纪中后期的世界，美国政府是一种最复杂、最精微的体制，体现了"权力和自由二元对立"的政治思维方式。诚然，国家构建的一个重要目标，是要让国家具备适当的功能和能力，能够维持社会稳定，促进国民幸福，保障国家安全。可是，美国的建国者授予政府的权力本来就有限，又通过分权和制衡的机制为这些权力的行使设置重重障碍，这对国家的功能和能力是否非常不利呢？18世纪的美国与今天很不一样，那时社会的自足性很突出，民众和地方社区具有高度的自治能力，不需要国家过多地介入，所谓"管得最少的政府才是最好的政府"的说法，反映了那个时代美国人心目中的国家形象。这时美国政府要做的主要事情，就是尽力与社会的要求相协调，以帮助国民发挥自己的潜能。从功能和作用来看，美国早期的国家不是现代早期欧洲那种资源吸纳能力和社会支配能力都很强大的"财政—军事型国家"。

过去很长一个时期，美国历史学家通常把华盛顿、杰斐逊、麦迪逊、富兰克林、约翰·亚当斯等人视为美国的"建国之父"（founding fathers）；当前美国的历史学家大多倾向于用"建国者"（founders）和"建国的一代"（the founding generation）这样的词，来指所有经历了革命时期、参与了美国建国的人们，并且强调普通民众在建国中的关键作用，把他们当作真正的"建国者"。普通民众在革命中的主动性和积极性以往确实被低估了，但过于强调民众的作用也有很大的片面性。美国的革命和建国是一场历史巨变，参加的人各色各样，精英领导人和普通民众都是重要的角色；但是他们互不信任，不时发生冲突，正是精英和民众在相互的猜忌和冲突中形成的制约与平衡，极大地影响了美国的建国历程。美国革命中所确立的政治国家，在一定程度上是寻求精英和民众共治的产物。

革命以后，"美利坚国家"（the American state）一直在发展和变化。当初被视为"必要的恶"的政府，现在已经变成了"必要的善"；当初需要小心提防的消极的权力，现在变成了一种推动社会发展的积极的力量；当初可以为民众所理解和参与的公共事务，现在已经完全变成了职业官僚和技术专家的"领地"。国家已空前地强大，其权力渗透到了社会的每一个角落，变成了某种"全能国家"。这跟美国革命者所理解和期望的国家相去甚远。一般认为，美国人一直有着非常强大的反国家倾向，叫做"反国家权力主义"（anti-statism）；这种惧怕和反对强大的国家的心理，限制了"美利坚国家"的发展。但是，国家的理念和类型是多种多样的，美国的建国者根据他们对历史和时代的理解，构建出一种在世界历史上几乎没有先例的新国家。从建国到19世纪末，美国的国家理念就是要让公民释放能量，自由发展，而不是要他们服从国家的需要，时刻准备为国家做出牺牲。美国早期国家拥有的主要不是控制社会的权力，而是一种嵌入社会的权力。不过，新政和二战以来，"美利坚国家"的权力既能渗透到社会，也能进行强有力的控制。美国早期的经验表明，国家构建的关键问题是如何处理国家权力和公民权利的关系，如何处理公共利益和私人利益的关系。相对理想的国家构建道路，应当真正有利于通向社会繁荣、民众富强和国家安全。这既是美国早期国家构建的历史启示，也是当前"美利坚国家"发展所面临的问题。在这样一个"全能国家"全面崛起的时代，美国人如何对待民主，如何思考公共政治、公共参与和公民权利，确实是一个值得关注的重要问题。

（2014年据讲座记录缩写）

"复数化"的美国革命

汉娜·阿伦特曾说,"revolution"的本义是天体周而复始的转动,17世纪中后期英国人用这个词来指当时的政治趋向,意思是"回归"(复辟)而不是"变动"(革命)。赋予了这个词以新的含义的事件,是美国革命和法国革命。

其实,在美国革命的参加者和领导者中间,关于美国革命的含义,就有不同的说法。一般的意见是把美国革命等同于独立战争。不过,按照他们的理解,独立战争不仅仅是一场脱离英国、建立新国家的行动,而且具有反抗暴政、维护自由的意义。托马斯·潘恩和本杰明·拉什倾向于把美国革命看成是政府原则和形式的创新,而约翰·亚当斯则把思想观念和情感态度的剧烈变化称为真正的美国革命。他们对美国革命的理解,大体符合1755年塞缪尔·约翰逊《英语词典》关于"revolution"的释义:它指的是"政府和国家状况的变化"。

不过，历史上革命的内涵通常是非常复杂的，它既是政治事件和社会事件，同时也是高度意识形态化的事件。革命需要动员，需要辩护，需要阐释，也需要巩固，所有这些都离不开对意识形态资源的利用。革命者通常采用各种各样的方式来构造一套革命话语，而且所借重的往往是边缘的而非主流的思想资源。在革命结束以后，革命的话语经过整理、过滤、重组和正统化，就会变成一种非常强大的、带有神话性质的观念系统。一个社会总是需要各种各样的意识形态，而且这些意识形态也在不断的变化之中。因此，关于革命史的写作，就成了利用革命的思想资源来构造意识形态的重要方式。由于一个社会通常是多种意识形态并存，而不同的意识形态之间又有分歧和竞争，于是革命史写作便成了一个高度意识形态化的战场。各种势力都要争夺革命史的表述，以确定"谁能够拥有革命史"。这一点在美国革命史的写作中就表现得十分突出。

在20世纪以前，美国革命的历史写作带有"辉格主义"的倾向。"辉格主义"是一个含义丰富的词，在美国革命史写作中，主要表现为爱国主义、民族主义和精英主义这三个相互关联的层面。在这样的意识形态框架中，美国革命被说成是反抗暴政、争取自由、创建新国家的正义之举；革命史写作的目的，在于推动民族国家的构建，特别是为国家认同提供一个历史的基础。而且，这种革命史还带有非常强烈的"命定论"色彩，相信美国注定要崛起为一个伟大的国家，一个与包括欧洲在内的所有国家不同的"自由的帝国"。在这个"伟大国家"的创建中，起关键作用的是少数几个"建国之父"。

这种"辉格主义"的革命史写作,直到19世纪末期都是美国革命史学的主流。进入20世纪以后,这种写作方式却遇到了各种各样的挑战。首先是进步主义史学和新左派史学的挑战,后来又受到平民主义、女性主义、多元文化主义等思潮的冲击,陷入越来越严重的危机。但是,这种革命史写作方式并没有完全消失,而是以多种不同的形式在美国革命史学中延续下来。21世纪初期出现的"新建国者热"(the New Founders' Chic),就是"辉格主义"美国革命史写作的余绪。

总的说来,对美国革命史的一次最深刻、最全面的重构,出现在20世纪五六十年代以后。当时,美国的社会风气、价值观念、思想倾向都发生了重大的变化,史学领域也出现了以"新社会史"为中心的范式革命,研究底层民众、边缘群体成为一种学术时尚,而普通民众(海员、技工、农场主和债务人)和边缘群体(黑人、印第安人和妇女)在革命中的经历,以及革命对他们的影响,就成为美国革命史写作的新主题。

实际上,这种新的美国革命史写作方式,在20世纪初期就已初露端倪。以查尔斯·比尔德、弗农·帕林顿等人为主将的进步主义史学,开始重新思考美国革命,试图打破万众一心捍卫自由的美国革命神话,并把建国之父们从"神坛"上"请"下来。后来,一批新的历史学家继承他们的思想遗产,基于"冲突史观"来考察美国革命,认为美国革命不仅是一场争取独立的外部革命,更重要的是一场争夺统治权力、寻求建立更民主的政治秩序的"内部革命"。他们关注不同阶层、不同群体在革命中的态度和作用,开始把眼光从建国精英转向普通民众。威斯康辛大学的梅里尔·詹森是一个起了重要作用的人物,他不仅倡导"内部革命"说,而且培养了五十多名博士,促成了一个侧重从社会经济的角度解释美国革命的学术流派。到了20世纪60年代,这种研究取向与新兴的新左派思潮和新史学相结合,由此形成一种"自下而上"的美国革命史观。

在这种新美国革命史观的形成中,杰西·莱米什是一个"被遗忘了的划时代的人物"。一般认为,美国革命史中的民众研究是受了埃里克·霍布斯鲍姆和乔治·鲁德等人的启发;实际上,大致在同一时期,美国已有不少人在做这方面的研究。杰西·莱米什的博士论文讨论的就是海员在美国革命中的作用。这篇论文完成于20世纪60年代,却直到90年代才出版。他所探索的研究路径,对后来的美国革命史写作产生了很大的影响,那些继承其研究思路的学者却很少提及他的名字。莱米什的研究重视阶级冲突,强调普通民众的作用。此后,从普通民众的角度撰写美国革命史,逐渐成为一股强劲的史学潮流。虽然以往的美国革命史研究并没有完全忽视民众,但这种新的美国革命史不但肯定民众在革命中的重要作用,而且突出强调民众并不是建国精英的追随者,他们有自己独立的思想意识、独立的革命目标和诉求。然而,民众的目标往往与精英的目标发生冲突,革命最终是按照精英对革命目标的设定而结束的。从这个意义上说,革命的结果等于是对民众诉求的"背叛",从而留下了"继续革命"的任务。

可见，从民众的角度来看，美国革命是一场未完成的革命。这样一种新的美国革命史，显然带有强烈的平民主义色彩，冲击甚至颠覆了以往的美国革命史叙事。

另外，新的美国革命史写作与女性主义和多元文化主义也有密切的关系。从前的革命史学偶尔也提及革命时期的妇女，但通常是叙述妇女参加或支持革命的若干例子，以褒扬妇女对革命的贡献。而女性主义框架中的革命史写作，则不仅强调妇女在革命中的积极作用和贡献，而且更加关注革命时期妇女的社会经济地位和政治境况，揭示革命对妇女解放的"背叛"，以及革命对女性意识的触动和对此后妇女抗争的影响。属于多元文化主义这一思想脉络的史家，则关注黑人、印第安人等非盎格鲁-撒克逊族裔群体在革命中的经历，以及革命对他们的影响。黑人历史学家本杰明·夸尔斯提出了一个解释黑人革命史的全新框架，不仅充分肯定黑人对独立战争的贡献，而且从争取自由着眼看待投奔英军的黑人奴隶，强调革命对废奴主义的激励，突出革命对黑人争取自由的斗争的影响。此后，关于黑人、奴隶制与美国革命的关系的研究，基本上没有突破这一框架。这一框架挑战了长期通行的革命史写作模式，即不是只有站在独立阵营才算革命。科林·卡洛威在讨论印第安人在美国革命中的经历时，特别侧重白人对印第安人的侵略和残杀，因而有人批评他不过是用一个新的野蛮故事（白人野蛮地对待印第安人）取代了老的野蛮故事（印第安人野蛮地对待白人）。

总之，在新的美国革命史写作中，平民主义、女性主义和多元文化主义的痕迹十分鲜明。但这只是问题的一个方面。更为重要的是,意识形态与美国革命史写作的关系十分复杂,并不是简单的影响和被影响,而是存在多向复合的互动。从一定意义上说,美国革命史写作直接参与了意识形态的塑造,它本身就具有某种意识形态的特性和功能。再者,三种意识形态元素交织在一起,在美国革命史的写作中具有很强的互补性,从而成了一种巨大的塑造性力量,改变了美国革命史写作的面貌。加里·纳什2005年出版的《不为人知的美国革命》,可以说是这种新革命史观的集大成之作。

通过对美国革命史的重构,革命的内涵得到了扩充,重点发生了转移,参与的角色大为增加,对革命的性质和意义的认识也出现了巨大的变化。在经过这些学者所重构的美国革命史中,人们所看到的美国革命,与美国革命的参与者所理解的美国革命,以及先前史家所叙述的美国革命,可以说是大相径庭的。而且,随着平民主义、多元文化主义和女性主义成为被广泛接受的理念,加以新史学的逐渐成熟,新的美国革命史叙事也进入了史学和意识形态的中心,而传统的美国革命史则处于退缩和守势。

这种新美国革命史叙事,同早期以来的革命史一样,也采用了"人民的革命"(the people's revolution)的概念,但是这一概念的内涵却发生了根本性的变化。传统的美国革命史中的"人民",通常是参与和支持独立战争的英属殖民地白人男性居民;而新美国革命史中的"人民",除了独立阵营的白人男性外,还包括妇女、黑人、印第安人,甚至包括站在英国一方的印第安人、逃奴和效忠派，并且以底层民众和边缘群体为主体。新的美国革命史对"革命"内涵也做了重新界定，革命并不仅仅意味着争取独立、捍卫自由和建立新的共和制，而且包括英属大陆殖民地范围内一切争取自身权益的群体的诉求和斗争。无论是支持独立还是反对独立，无论是站在美国一边还是站在英国一边，无论是愿意参战还是不肯参战，也无论是什么性别和种族，只要是在革命期间用具体的行动和言词表达了自己的权利诉求，并以行动来争取自由和平等，反抗既定秩序，特别是反抗精英主导的观念和制度，就是美国革命的一部分。这样就形成了一种完全不同的"人民的革命"的概念，使美国革命变成了"一场来自社会中下层、不一定是白肤色的'无名者'的革命"（加里·纳什语）。

这样一种美国革命史，包罗广泛，内涵驳杂，其中充满差异和冲突，而"建国之父"则被边缘化。在这种高度多样化的革命史写作中，没有任何一种版本的革命史具有绝对的权威性。在具体历史时空中发生的美国革命固然只有一个，但在这些史家的叙述和诠释中，美国革命却变成了"复数"（American Revolutions）。

当然，新美国革命史写作也遇到了严峻的挑战。一直有一些学者坚持精英主义取向，前文提到的"新建国者热"就是一例。还有一些民间团体和舆论媒体反感甚至痛恨新美国革命史，指责这种经过平民主义、女性主义和多元文化主义改造的革命史严重损害了美国人对传统的自豪感，不利于激发爱国主义和维护国家认同。可见，对新美国革命史的反击，也带有强烈的意识形态色彩。

一场革命总会以各种方式影响后来者的生活。革命固然会结束，而关于革命史的话语权争夺却难以停息。什么是美国革命，谁拥有美国革命史的话语权，如何理解美国革命对当今美国的意义，这些仍然是美国革命史写作中无法绕开的问题。这样一来，美国革命史写作仍然会是一个权力斗争和意识形态较量的战场。

（2010年写于北京）

边缘地带的"世界主义者"

最近几十年欧美史学有一个新趋向,就是从民族国家之内的历史拓展到民族国家之外的历史,国际史、跨国史和全球史全面兴起,这表明历史研究在领域、视野和路径上发生了巨大变化。

具体说来,这种新趋向首先带来了研究领域的扩大,跨国性的人口流动,全球性的资本运作,非政府组织的活动,环境、气候、疾病、毒品等跨国性现象,都成了历史研究的题材。同时,历史学家看待过去世界的空间视野也大为扩展,从民族国家的视野扩展到国际视野,再推进到跨国视野和全球视野,甚至是"大历史"(也就是宇宙史)的视野。这些空间视野不是一个取代一个,也未必一个比一个更高级、更高明;它们之间是一种相辅相成、相得益彰的关系,合在一起构成了历史学家考察过去的多层次、多维度的空间视野。这种空间视野的多层次化和多维度化,能帮助历史学家重视更大的时空范围内不同历史叙事单位之间的联系、影响、比较和共享。不同的历史叙事单位在同一个时空结构中可能存在具体的历史联系，而在不同的时空结构中则可能有单向或相互的影响，这些只有在较大的空间视野中才能得到观察；同时，历史学家通过观念的构造还可以对不同的历史叙事单位的类似事件进行比较，发现不同的历史叙事单位之间共享的经历。同样重要的是，这样一种空间视野的扩大，有助于历史学家破除长期笼罩历史解释的地方主义、国家中心主义、民族中心主义、地区中心主义，甚至是人类中心主义。随着各种"中心主义"的破除，历史学家可能会少一些偏见，不会让种种浮云挡住眼光，能够看到过去世界的更广大、更丰富和更复杂的结构。

而且，空间视野的扩展还引起了时间概念的变化。同一个历史讨论的对象，如果放在不同的空间视野中看待，必然引起时间维度的变化，也就是考察的时段会加长或变短。我个人一直感兴趣的是美国革命，这是美国史研究的经典题材；如果把美国革命看成是一个发生在北美殖民地的独立运动，那么它的时间维度就通常被定在1765至1788年，大约20多年的时间。如果把美国革命放在英帝国以及英帝国和其他欧洲殖民帝国之间的关系当中来看待，那么就要加长时间的维度；起点是18世纪40年代，那时英国开始调整帝国内部的管理模式，经过"七年战争"，这种调整更加急迫和必要，于是引发殖民地的抵制和反抗，美国由此独立；随后，西班牙帝国内部也出现不稳定，拉美独立战争爆发，整个美洲的局面便发生了深刻的变化。因此，如果把美国革命放在从18世纪40年代至19世纪前期发生的一系列变化中看待，就能更清楚地看出它的历史意义。美国历史学家托马斯·本德在他的《众国中之一国》(*A Nation among Nations*)里提出了一个很大的构想，把美国独立战争看成是欧洲强国之间一场新百年战争中的一个插曲，由此来解释革命的起源、进展和影响；这样在时间维度上就要有新的考虑，应当放在1689至1815年这样一个"更长的18世纪"的时段当中。可见，历史考察的空间维度和时间维度确实是相互联系的。

空间视野的变化有利于我们对很多非常熟悉的历史题材进行重新思考。就美国革命而言，如果我们从扩大了的空间维度来考察，就需要对它进行重新定位。刚才提到，本德把美国革命放在欧洲强国的新百年战争的脉络中来讨论，极大地扩展了它的空间维度和时间维度。不过，我觉得还可以把美国革命放在一个更大的空间里来看待，这就是18世纪中后期的世界。这是一个君主制和贵族制主导的世界，而美国人却要打破君主制和贵族制的一统天下，进行一种完全不同的社会改造和国家构建。我们不妨以中国自己的历史作为参照。如果说我们把美国革命定在1765至1788年这个时段，那么就相当于中国的乾隆三十年到五十三年。乾隆时代的中国是一个什么状况？据说那是中国历史上最辉煌的时期，中国的版图达到了最大，人口突破了3亿；但是，同时所有通商口岸都被关闭了，只留下广州一个通商口岸，锁国政策开始形成，"天朝"自我孤立于世界。乾隆皇帝是个传奇性的帝王，他活了八十多岁，在位六十年，创下了"十全武功""六下江南"这样的"勋业"。他还制造了130起"文字狱"，其中有四十多起杀了人，连坐者众多。当时中国的百姓见不到皇帝，臣子见到皇帝要下跪。那是一个少数人是主子、多数人是奴才的时代。可是，这个时候美国人在干什么呢？他们在想一些完全不同的问题，做一些完全不同的事情。他们要以平等、自由和共同福祉为目标，建立一种"千秋万代的新秩序"。如果我们从这样一个角度来看美国革命，就会对美国的革命者多一些理解，多一些宽容，也多一些钦佩。

除了在空间维度上对美国革命做重新定位，我们还可以考察美国革命者的世界观，就是他们关于当时世界的知识、对那个时代的认识和理解，以及他们的思维方式。就知识、视野和思维方式而言，美国革命精英是非常特别的一批人，跟我们在教科书上看到的相去甚远，跟我们今天的人更是很不一样。

在近期的美国史研究中，有一股很强劲的思潮，叫做"新美国革命史学"。其中有一种以民众主义（populism）为主导的美国革命史叙事，强调民众在革命中的主角地位，同时把建国精英边缘化、矮化，甚至妖魔化。这批学者把民众和精英放在一个二元对立的框架当中来讨论，认为在革命时期几乎所有的民众和精英的冲突中，民众总是居于道德制高点上，精英则总是在打着自己的小算盘。在这种民众主义的美国革命史学氛围中，"建国之父"、制宪会议等，几乎成了令人不好意思再谈的话题。

可是，还有一些美国学者，特别是伯纳德·贝林和戈登·伍德，仍在捍卫革命精英的主角地位，重视他们在革命当中的创造性，把他们说成是一代不可复制的伟大人物。贝林在他的《让世界从新开始》(*To Begin the World Anew*)一书中提出了一个有意思的问题：为什么美国革命一代能够创建一种在当时世界具有全新意义的政治体制？他们的想象力和创造力究竟来自哪里？贝林借用文学研究中的"地方主义"（provincialism，与中心都市相对的外省风习）概念来解答这个问题。在文学艺术发展史上，那些住在大都市的作家和艺术家的创造力会慢慢枯竭，这时候那些处在文化边缘地带的人，也就是外省的作家和艺术家，由于既有中心都市作为参照，又有地方社会特有的新鲜活力，这就使他们具备了同中心都市的人不一样的知识、气质和素养，因而产生中心都市的人所没有的想象力和创造力，刮起一股革新之风，导致文学艺术的面貌为之一变。贝林把这种文学的解释模式拿来讨论美国革命的历史，认为在当时的政治世界，英国和法国是中心，而殖民地是边缘地带，是"外省"；那些处于外省的人无论多么富有，跟欧洲的贵族相比都只不过是一些"乡巴佬"；可是，正是由于他们处于边缘地带，他们就不用对确立已久的政治模式怀有敬意，也不必尊崇传统和惯例，而得以大胆地另辟蹊径，用新的方式来思考政治问题，采取完全不同的路径来创建新的国家和新的体制。

贝林认为美国革命一代的政治想象力和创造力来自于他们身处边缘地带的境况，这种说法揭示了问题的一个方面。当时美国的革命者确实处于世界的边缘。对于欧洲来说，他们处在欧洲文化的外围地带（marchland）；对于辽阔的东方来说，他们更是处在一个未知的世界。在美国革命时期，美国的革命者知道有中国，但中国人并不知道有美国（当然，也不排除极个别人听说过美洲的事)。另外,阿拉伯世界、印度和亚洲其他地区也基本上不知道北美正在发生的事变。但是,处于世界的边缘地带,并不会自动带来想象力和创造力。美国革命精英的想象力和创造力恰恰来自于,他们一方面意识到自己处于世界的边缘地带,另一方面则力图突破这种处境给他们带来的种种局限和束缚。那么,他们是如何摆脱边缘地带强加给他们的局限和束缚的呢?那就是凭借他们的知识、视野和思维方式。他们虽然身处边缘地带,但注重吸收各种知识,收集各种信息,扩大自己的视野,力图从更大的空间和更长的时间来看待革命的事业。因此,从知识、视野和思维方式的角度来说,美国革命精英并不是一些"乡巴佬",他们是身处边缘地带的"世界主义者"。所谓"世界主义"(cosmopolitanism),指的是见多识广,视野开阔,不以地方偏见自限。这些革命精英心里装的不仅仅是地方性的事务,他们还"视通万里,思接千载";他们把自己想象成超国界的"世界公民",力图从更大的空间、更长的时段来界定革命的目标和意义;他们极力否认自己是只顾眼前的利己主义者,而是要为世界历史和人类自由开辟新纪元。

美国的革命者在一定程度上确实打破了身处边缘地带所带来的种种束缚和局限,因此才能够把他们自己的事业同世界历史和人类命运挂起钩来。他们所创建的体制并不仅仅是为了某一批人的利益,甚至也不仅仅是为了某一代人的利益。这种禀赋和胸襟,并不仅仅见于那几个我们所熟知的"建国之父"。在马萨诸塞关于宪法的讨论中,有个年仅28岁的年轻律师,名叫西奥菲勒斯·帕森斯，代表埃塞克斯县起草了一份关于宪法的意见，其中反复强调，立宪时不能只考虑一时一地的需要，而要兼顾子孙后代的利益，并且着眼于对世界的影响；用他的原话说，要制定一部"不是建立在党派或偏见之上的宪法，不是一部为了今天或明天的宪法，而是一部为了子孙后代的宪法"。后来美国的模式为什么能够产生巨大而长久的世界历史效应，不能不说跟革命一代的世界主义特征有莫大的关系。他们的思考和实验在一定程度上也确实突破了时空的限制。当前美国的政治出了问题，面临各种各样的挑战；但是我们不能轻易地说美国革命中形成的政治体制及其背后的政治价值和意识形态已经没有意义了。我们不能这样说，因为历史已经证明，美国革命一代的政治理念，他们所创建的体制，其生命力已经大大超越了他们作为凡人的限制。如果不考虑建国精英在知识、视野和思维方式上所具有的世界主义特征，就难以理解这一点。

在知识和视野方面，美国革命一代受益于大航海时代知识和信息传播方式的巨大变化。进入大航海时代以后，人类的空间概念改变了，不同地方的人之间的交往逐渐密切起来，生产和生活方式也发生了变化，纸质印刷品越来越多。这就是说，一方面知识在迅速增长，另一方面知识的传播和共享也越来越便捷。美国革命一代获取知识和信息的渠道跟他们的前辈非常不一样，他们虽然身处边缘地带，但是非常关注中心地带发生的事情，非常注意吸收来自于中心地带的各种各样的信息和知识。詹姆斯·麦迪逊在思考美国的政治改革时，对古今多种类型的政体和联盟做过研究，他还特意请当时在欧洲担任驻外使节的托马斯·杰斐逊帮他买了许多书。

美国革命精英不仅特别重视知识方面的修养，并且喜欢以是否有学识来评论人的高下。约翰·亚当斯在谈到华盛顿时，就说他不是一个学者，不是一个知识分子。亚当斯之所以用这样的眼光来看待华盛顿，是因为华盛顿确实没有受过正规的高等教育，也不善言辞，人们甚至怀疑他的很多文件都是由别人代笔的；华盛顿在学识方面跟亚当斯、杰斐逊、富兰克林和麦迪逊等人确实不可同日而语。另一个革命领导人叫做罗伯特·莫里斯，跟华盛顿一样，也是一个实干家，做得多，说得少。但是，我们如果去看他们留下的文件集，包括他们的书信和日记，以及他们在各种场合的发言，就会发现他们思考问题的方式，他们运用的概念，他们看问题的角度，跟那些博学的人并没有太大的差别。这说明他们处在同一种文化结构当中，分享了当时那一代人共有的知识、视野和思维方式。他们虽然不是博学之士，但也是另一种意义上的"世界主义者"。

从空间的维度来说，美国革命精英拥有关于本地的知识，这是没有问题的；他们还有关于英国的知识，这也是没有问题的，因为英国曾经是母国；他们也有关于欧陆的知识，这也是没有问题的，因为母国和欧陆之间的关系非常密切。需要强调的是，他们还有关于东方的知识。东方人大多不知道有美国存在，但是美国人却知道东方的许多事，他们经常提到土耳其、印度和中国。当然，他们对这些地方的了解有很大的局限，许多知识其实只是传说和偏见。这跟那个时代相关知识的形成和流传方式有关，并不是他们在刻意歪曲。

从时间的维度来说，革命精英拥有关于古代的知识。这里的古代主要指古希腊和古罗马，也就是古代地中海世界。他们中不少人受过系统的古典教育，能阅读古代作品，甚至能用拉丁文写作。当然，跟今天相比，他们那个时代关于古代的知识也有明显的局限，受制于当时的研究和出版的状况。另外，他们对于英国和其他欧洲国家的历史也有很深入的了解，经常把这些国家的历史同美国的情况做比较，分析其中的经验和教训；他们也把当时各国的现状作为参照，来思考美国的事情，来界定共和主义革命的意义。他们反过来又用美国革命的理想来描绘世界的未来，希望建立一种共和主义的世界秩序，把贸易而不是战争作为国际交往的主题。可见，对于他们来说，时间维度的知识有助于他们关注人类的命运，并对自己的问题做更加贯通的思考。

从知识的类型来说，革命精英的知识涉及政治、哲学和历史，也包括技术。特别值得一提的是，他们中多数人都不是空谈的理论家，而是懂得很多实用技艺的实干家。华盛顿是一个管理种植园的高手，他的管理经验十分丰富，这给他统领大陆军和管理国家都带来了帮助。大家都知道，杰斐逊的确是多才多艺，能写文章，还会盖房子。富兰克林是一个有名的科学家，在欧洲给美国人挣了很大的面子。托马斯·潘恩设计过桥梁，还在各地推广他的桥梁方案，这说明他也不只是一个意识形态的鼓动家，而且还有务实的本领。

革命精英所具有的知识，涉及不同的空间、地域、时段和主题。在他们探索美国的建国道路时，各色各样的知识发挥了不同的作用，给他们提供了多种多样的参照、启示和指引，有助于他们思考一个始终困扰人类的大难题。美国革命一代最大的关切在于政体。他们考察了不同国家的历史和现状，尤其是古代以来出现过的各种不同的政体，发现人类总是处在一个很大的困境中，就是无论实行什么政体，结果都是自由和秩序不可兼得。人类希望获得自由，力图摆脱压迫；但是他们在寻求自由、摆脱压迫的过程中又很容易导致动荡，造成社会的失序；如果过于讲究秩序，遵从权威，又不免带来武力控制和专制压迫。革命精英觉得自己处在一个特殊的时代，有可能建立一种既能摆脱压迫同时又能避免动荡的体制，这就是自由和秩序得以平衡的体制。他们抱有这样的信心，乃是得益于各种有利的因素和条件，也离不开他们的知识、视野和思维方式。

对建国精英来说，古代的知识给他们提供了深切的教训。人类在寻求自由、构建某种避免压迫的体制的过程中，特别容易陷入动乱；由于动乱，自由的体制往往是短命的。他们站在后人的视点上，觉得古代的共和国和民主政体都是昙花一现，没有能够长久留传。其实，无论是雅典的民主政体，还是罗马的共和政体，都存在了几百年，并不像建国精英所说的那么短命。但是，他们关心的问题是，为什么这些自由的政体没有延续下来？为什么不能奠定千秋万代的秩序？这其中必有导致它们覆灭的弊端。这个弊端就是，人们在寻求自由时没能避免动荡，滥用自由同样可以造成压迫和暴政。于是，古代的知识给建国精英带来了许多启发，帮助他们思考如何寻求一种既能摆脱压迫、又能保障秩序的体制。

关于东方的知识则给建国精英提供了丰富的反面教材。在他们看来，东方意味着奴役、暴政和恐怖。他们要在美国建立一种既稳定又能保障自由的体制，以避免可怕的奴役和暴政。在他们的辩论和通信当中，不时会谈到东方的情况，说得比较多的是波斯的惨状、土耳其的屠戮，以及东方普遍存在的腐败、奴役和暴政。他们在一些场合也提到中国，有时是正面的，他们知道中国盛产瓷器和茶叶，还把孔夫子说成是和柏拉图、亚里士多德一样的古代贤哲。但是，他们在更多的时候是把中国作为反面的参照。有人称中国人擅长欺诈，如果美国发展贸易，就不得不跟这样的人打交道；也有人说中国的商业精神使得军队毫无战斗力，上百万的人马，却抵挡不了一支小小的"鞑靼"军队的进攻，最终不得不接受"异族"的统治。他们还知道中国有裹脚的习俗，觉得这是一种扭曲和变态的东西。他们也提到过中国的长城。在殖民地晚期，弗吉尼亚人一心要向西迁移，英国政府却想办法拦住这股西进的潮流，以免引起印第安人反抗，增加防卫的负担；但这么做并没有什么效果，于是有人写文章说，即使是建一道中国式的长城，也不能阻挡人们去西部获得土地，除非是派兵在每一个点上把守。总的说来，他们关于中国的议论大多不具备政治意义。在政治上充当反面教材的主要是波斯和土耳其。

当然，革命精英对于同文同种的英国更加关注，关于英国的知识给他们提供了原则上的启发和制度上的参照。从革命初期到制宪时期，他们对英国体制的态度发生很大的变化。最初他们为了宣扬反英和独立的正当性，极力撇清同英国的关系，因此对英国体制有许多的批评，说它腐败变质，危害自由，美国人要建立的是一种完全不同的体制。那些主张效法英国的人，受到了普遍的批评。但到了革命后期，革命精英要建立一种稳定有效的体制，他们又不得不从英国取法，觉得英国的"有限君主制"是最理想的体制，只是无法在美国照搬。此外，革命精英也谈到过瑞士、荷兰和意大利的情况，想从这些国家的历史中寻找不同的参照。他们所追求的兼顾自由和秩序的体制，就是要把共和制的自由同君主制的效率、贵族制的稳定糅合在一起，同时又要消除这些体制所固有的弊端。

世界历史上许多国家都经常发生重大的政治变故，但是夺取权力的人通常是仿照前朝故事，照搬以前的体制。因此，这只是朝代更替，很少体制的创新。然而美国革命一代不想仿照任何现存的模式，不想照搬母国的体制，也不想直接援用古代的办法；他们要建立一种新的体制，以兼顾自由和秩序。他们借助前后左右开阔而贯通的视野，从古至今考察人类的历史经验，从不同的维度思考革命的目标，从广阔的视野看待政治实验的性质和意义。南卡罗来纳有一位查尔斯·平克尼，当时年纪也不大，参加过大陆会议和制宪会议，后来做了南卡罗来纳州州长，还当选过联邦参议员。他虽然不是当时最博学的人，但在南卡罗来纳批准宪法大会上却讲了一番很有学问的话。他对自古以来各种政体的历史做了一番考察，认为前人对很多政治问题都没有想透，对很多制度都不理解，而美国人要基于以往各种失败的教训来建立一种全新的体制。他感叹道："对认为有能力自己统治自己的人民来说，从欧洲是找不到什么先例的。"他还相信美国革命给欧洲带去了新鲜活力，激励那里的人民起来反抗暴政和追求自由。他由此引申出了美国革命的世界历史意义："我们已经教育了一些古老国家睿智的人民去探索他们作为人的权利；也让我们祈祷，革命的效果永远不要停止发挥作用，直到使所有国家的人民都坚定不移地反抗专制的束缚。"

平克尼的话虽然有点自吹自擂的味道，而且还带着一种想引领世界发展方向的自负，但确实反映了革命精英的历史意识和世界眼光。他们虽然身处边缘地带，但并不是狭隘的地方主义者。他们的眼光向四面八方看，看美国，也看美国以外的世界；英国、欧陆和东方世界，都在他们的视野当中。他们深受历史之网的束缚，但不是采用简单的逆时间思维。他们不像中国古人那样，凡事都强调成宪，主张"敬天法祖"，尊崇"祖宗之法"；直到康有为鼓动改革时，仍然打着"托古改制"的旗号，要从古代找先例来为自己壮胆。美国革命者回头看过去，但并不是单纯地效法前人，而是要从历史中寻找教训和启迪，要超越前人，也超越历史。

美国革命精英是一批很复杂的人。他们在私人生活中是奴隶主、商人、律师和大地主，追逐财富、职位和荣誉，甚至利用公共体制来谋取私利。但是，他们在公共领域又力图超越个人利害，用广阔的眼光来看问题，尽力抑制狭隘的私利和不稳定的情绪。当然，他们在知识上有明显的局限，在心态上也有不小的偏见。他们习惯于把世界上的人分成两类，不是自由人，就是奴隶。他们像当时英国的托马斯·戈登和约翰·特兰查特一样，认为"我们是人，而他们是奴隶"。这种人我有别、非此即彼的思维方式，显然是简单化的，而且充满了偏见。不过，这些偏见不是他们所特有的，而更多的是受时代的局限；而且，他们的偏见也主要不是用来损害他人，而是旨在帮助他们思考世界，探索新的建国道路。

总之，美国革命精英在确立建国的目标时，体现了强烈的历史感和突出的前瞻性。他们力图把当前的事业和长远的人类命运联系起来。美国的民众主义史家把建国精英矮化和边缘化，似乎不利于更好地理解美国革命的意义。相反，如果我们借助更宽阔的空间视野来看待美国革命精英，关注他们在知识、视野和思维方式上所呈现的"世界主义"特征，也许能更透彻地了解美国的革命者，懂得他们何以能克服各种局限，使他们进行的政治实验具有超越一时一地的长远而广泛的意义。

（2014年12月据讲座记录整理）

富兰克林和他的《穷理查德历书》

人类之有历书，几乎和有文字记载的历史一样悠久。古往今来经人用过的历书不可胜数，大多在一年终了时便告湮没无闻，而本杰明·富兰克林在1733—1758年间编写的《穷理查德历书》，却跨越时空，先后被译为数十种文字，重印过数百次，至今仍在流传。这其中的缘故并不玄妙，首先固然是因为这部历书在内容上确有特色，其次也许是由于它出自富兰克林这位鼎鼎有名的人物之手。鲁迅提到过"文以人传，人以文传"的情况，要了解《穷理查德历书》是一本什么样的书，也许须从本杰明·富兰克林其人其事说起。

在美国，富兰克林是一个广为人知的名人。他从一个穷孩子白手起家，没有接受多少正规教育，但却成了当时北美最博学的智者，在科学实验和发明上成果累累；美国革命期间，他出使法国，在谈判桌上纵横捭阖，在社交场合如鱼得水；后来又以耄耋之龄参加制宪会议，乃是"建国之父"中受人敬重的长者。这一切都富有传奇色彩，所以不仅成了历史课本的素材，还是人们茶余饭后的谈资。关于他的生平和思想的研究，在美国史学中是一个重要的课题，自他去世以来不断有新作问世。要了解他的事迹，可供选择的读物相当之多。

富兰克林的父亲乔赛亚·富兰克林原来住在英国的北安普顿郡，1682年移居北美，不久在波士顿落户。在那里，他的第二个妻子于1706年为他生下了第十个儿子，就是本杰明·富兰克林。富兰克林8岁入学，10岁辍学，受的正规教育仅有两年。此后，他在父亲的作坊里干活，可是这种工作很不合他的脾胃。当时，他同父异母的兄长詹姆斯开办了一家印刷所，出版《新英格兰报》，富兰克林12岁时便来这里学习印刷和出版。不料这里的生活也让他感到不愉快，因为他经常和詹姆斯发生争执，于是在17岁时离开波士顿，只身前往宾夕法尼亚的费城。

费城是当时英属北美的大城市，也成了富兰克林的福地。他刚来这里时，口袋里仅有一块荷兰币和一个铜先令，几乎是两手空空，就这样开始了他的奇迹般的创业生涯。起初他在一家印刷所找到一份工作，很快显示出自己在这方面的才能，结交了不少朋友，受到一些有地位的人士的提携。在那个"荫庇之风"（patronage）盛行的时代，一个在血统和家资上缺少优势的人，如果没有权贵人物施以援手，是很难出人头地的。富兰克林于1724—1726年赴英国学习印刷，返回费城后，又在一家教友会徒开办的店铺当了几年伙计，成为当地知名的"销售高手"。1728年，他与人合伙开办一间印刷所，两年后他就单独成了这里的老板，并接管了《宾夕法尼亚报》。这时他年仅24岁。同年，他和第一个房东的女儿德博拉·里德结婚，后来生有一子一女。另外，他还有两个私生子。德博拉不但容忍了他的婚外情，而且还曾抚养过他的私生子，对他忠贞不渝，称得上一个"贤内助"。

在英属北美殖民地，印刷业和政府关系密切，印刷商一般都是官方文件和议会记录的承印者，此外还把报纸和书籍的印刷、出版、发行兼于一身，可以说是一个只赚不赔的行业。富兰克林蒙当局要人青眼，在印刷出版这一行渐有名声，财富也不断增多，到40岁时每年的收入达到2000镑左右。他的成功之道在于勤奋和节俭。他衣着简朴，终日劳碌，从无懈怠；既不钓鱼，也不打猎，只有读书才可以替代工作。另外，他长于社交，也很会替自己宣传，加上经常亲手为报纸撰写一些颇受欢迎的稿件，使得他的报纸力压群雄，发行量长盛不衰。由于有了可靠的财力，他便将生意交给合伙人管理，自己则专心从事毕生乐而不疲的科学发明事业。

富兰克林虽然早年辍学，但始终对知识和思想有着痴迷般的兴趣。他很早就博览群书，他家里和亲朋的藏书，给他提供了许多关于数学、航海、政治学、文学、天文等方面的知识。在读书的同时，他也练习写作。他曾化名"塞伦斯·杜古德"（Silence Dogood，意思是"不声不响好生干"）写了一篇文章，悄悄塞到其兄詹姆斯的工作间的门缝里，未料竟被报纸刊出。他深受激励，接连写出了14篇这样的文章。这种写作才能，在他后来的许多作品，包括《穷理查德历书》中得到鲜明的体现。另外，他从1733年开始，还自学了法语、西班牙语、意大利语和拉丁语；多亏有这种语言上的本领,他编《穷理查德历书》时,广泛采纳了欧洲各国各个时代的谚语和格言。

科学实验和发明是富兰克林一生最大的嗜好。他第一次到英国时,就对科学(当时称作自然哲学)萌发强烈兴趣,并且热切希望见到当时尚在人世的科学泰斗牛顿。1737年以后,他不时发表讨论科学问题的文章。他发现大西洋沿岸的暴风雨是逆风移动的。1744年左右,他发明了一种节能而取暖效果较好的火炉。他出海旅行时,在船上观察和研究海洋。他对天文学和植物学也有丰富的知识。40岁以后,对电的研究吸引了他的主要精力。他做了不少实验,也的确有所发现。虽然他不是第一个发现闪电就是电的人,却是他第一次通过实验证明了这一点。1752年夏天,他在一场大雷雨中做了那个著名的风筝实验,并据此发明了一种使建筑物免受雷击的装置。关于这个实验的报告被译成多种文字,使他成为饮誉欧美的科学家,因此获得哈佛、耶鲁和威廉-玛丽学院的荣誉学位。他还是"美利坚科学研究会"[1]的创建者之一。

富兰克林不仅是一个商人、发明家和作家,而且还是一个社会和政治方面的活动家。他向来热心公益,在费城做了许多裨益于公众的事情。他协助建立了城市治安系统,推进了街道的改造和照明设施的安装,帮助设立了一座公共图书馆,推动了医院和青年教育学校的建设。他还在宾夕法尼亚担任多种公职,包括议会职员、议员、副邮政长官等。1754年,他代表宾夕法尼亚出

---

[1] 英文为American Philosophical Society,旧译"美国哲学研究会",不确,因为那时美国尚未建立,故"American"不能译作"美国";"philosophical"在此处的意思是"科学研究的"。

席讨论殖民地联合问题的奥尔巴尼大会,提出"奥尔巴尼联盟计划"。此举使他在整个英属北美获得很高的知名度。

富兰克林在政治上为北美所做的事情,大多是在欧洲进行的。1757年,宾夕法尼亚议会和业主发生冲突,为了让英国政府了解情况,他充当议会的代表前往英国交涉,历时五年。在这期间,他到英国和欧洲各地旅行,广交各界朋友,获得若干个名誉学位,几乎是"乐不思蜀"。返回费城后不久,殖民地议会再度和业主发生矛盾,富兰克林再次赴英斡旋。恰在此时,北美爆发了抵制印花税的运动,他不慎卷入了很大的麻烦。当英国政府计议向北美殖民地征收印花税时,他并未意识到此事关系甚大,轻率地让他在费城的合伙人代销印花。在殖民地反对印花税法的运动兴起后,人们认为他是在利用此事谋取私利,他在费城的住所遭到抗议者的袭击,他的妻子出于安全考虑,不得不到别处躲避。但是,富兰克林绝非等闲之辈,在英国议会关于印花税问题的会议上,他抓住机会对征收印花税之举大加抨击,挽回了一些声誉。此后,他被佐治亚、新泽西和马萨诸塞等殖民地委任为驻英代表,身份几乎相当于北美驻英大使。那时正值殖民地和母国不断交恶的时期,他以当时的身份和所担当的使命,实在是处在风口浪尖。他出于稳重平和的心性,一直不愿看到殖民地和母国彻底摊牌,致力于促成双方和解。直到1775年返美并出席第二届大陆会议以后,他才彻底放弃和解的希望。

此后,富兰克林全副身心地投入争取独立的事业,迎来了他的政治生涯中最辉煌的岁月。他和托马斯·杰斐逊等人一起,受大陆会议之命起草《独立宣言》。以他的声望和影响,宣言的执笔人本来非他莫属，结果却是年轻的杰斐逊独享这一殊荣。据说是因为他的写作风格向来十分幽默，人们担心他会在如此庄严的文献中插进一个笑话。那时美国和强大的英国孤军作战，极力想争取英国的宿敌法国援之以手。当大陆会议考虑出使法国的人选时，富兰克林因为了解欧洲，同时又在欧洲广为人知而成为首选。

1776年12月，年逾七旬的富兰克林抵达法国。由于当时法国和美国尚无正式外交关系，官方没有为这位来自新大陆的外交代表举行欢迎仪式，而民间迎接他的场面之热烈和隆重，实在非比寻常。此前他曾几度访法，他的《穷理查德历书》和其他科学论文已有法文译本，他在法国可谓声名卓著，加上法国人对大洋彼岸那个新国家怀有浪漫的好奇，所以他的到来在法国掀起一股"富兰克林旋风"。他被看成是一个来自荒原的智者，有如苏格拉底再世；他的朴实率真的言行举止，在向来崇尚浮华的法国犹如一股清风，甚至不乏人仿效；他的话不胫而走，他的画像随处可见，他的头像还被镂刻在奖章、戒指上面。随后来法参加谈判的约翰·亚当斯后来谈到，在法国，富兰克林的名望远在莱布尼兹或牛顿、腓特烈或伏尔泰等当世名流之上，他的个性受到人们更为强烈的热爱和尊敬，人们在谈到他时，似乎以为他能在人间重新创造一个黄金时代。这种名望给他的外交使命带来了极大的便利，推崇他的人自然将美国的事业视为正义的事业，整个法国支持美国抗英运动的热情十分高涨。在这种情绪的推动下，一直伺机报复英国的法国政府，于1778年2月与美国签订了同盟条约，随即派军队到北美参加对英作战。战争期间，富兰克林一直留在欧洲，1781年又被委以与英国和谈的重任。他和约翰·亚当斯、约翰·杰伊等人一起，在法国政府的眼皮底下将其蒙在鼓里，单独与英国签订了和约。在完成使命后，富兰克林于1785年返回美国，旋即当选宾夕法尼亚州行政委员会主席，地位相当于后来的州长。此时，他已是79岁的耄耋老人了。

富兰克林平生所参与的最后一个重大事件，乃是1787年费城制宪会议。由于会议在极度秘密的状态下举行，代表们担心老迈的富兰克林守不住口风，所以在他外出活动时，总是派人侍奉左右，防备他不小心透露会议的机密。他在会上提出的设立一院制议会和执行委员会的设想都没有得到采纳。不过，他对宪法的最后文本表示赞同，并以自己的名望推动了宪法的批准。据说，当制宪会议结束后，富兰克林在回家路上遇到一个女子问他："富兰克林博士，你们给我们的是一个什么样的政府？"富兰克林答道："女士，是共和制，可是你们要能够保持它。"

新宪法生效后，老迈的富兰克林没有再出任公职。他和女儿一家住在一起，含饴引孙，安享天年，并且继续他的发明和写作。1790年4月17日，富兰克林以84岁高龄辞世。约有两万人参加了他的葬礼，给这位北美当时最有国际影响的人物的一生，画下了一个完满的句号。

富兰克林一生著述甚丰。除了许多科学报告之外，他还撰写了不少关于道德修养、经商致富的文章和小册子。在他所有的作品中，最负盛名的应是《穷理查德历书》。"穷理查德历书"原本不是一本书，而是富兰克林编制的一系列历书的统称。他作为印刷商，于1733至1758年每年编印历书，在历书的首页写一段引言，在空白处印上一些谚语、格言以及科学、历史和生活方面的知识；历书在用过后就不再有价值，而那些印在历书上的文字却没有被人遗忘，汇编成册以后，一直流传至今。所以，今天的读者见到的，并不是完整的"穷理查德历书"，而只是原来作为历书附加物的文字。

历书最基本的功能是排列年、月、日和星期，以及各种节日和节气，以供人们利用和查考。在印刷术出现后，历书的发行逐渐普及；历书的内容除记载日期外，还补入一些关于气候的预言和关于星相的说明。在16世纪的英国，历书有的挂在墙上，类似今天的挂历；有的则装订成册，大小可以装入衣袋。历书的编制者多为天文学、物理学或占星学的专家，他们喜欢在历书的空白处添加关于天气的预言，或者是一些医药常识。1697年首次出版的《老摩尔历书》，就是当时英国最为流行的家庭医药指南。北美最早的历书出现在马萨诸塞的坎布里奇，叫做《1639年新英格兰历书》。在各殖民地陆续创办印刷所以后，编制和发行历书成为印刷商主要的生财之道，是一桩竞争激烈的生意。富兰克林的兄长詹姆斯曾出版《穷罗宾历书》；马萨诸塞的纳撒尼尔·埃姆斯父子编制的历书也远近闻名，从1725至1775年从未间断。这些历书的空白处都印着文字，内容涉及历史知识、哲理名言、短诗、俏皮话、道德箴言之类。可见，《穷理查德历书》有许多先驱。

富兰克林所在的费城是当时历书出版的中心，1733年《穷理查德历书》初次上市时，当地至少有6种历书同时面世。富兰克林此前曾为他人印刷过历书，1732年他决定自编自印一种历书。

他将历书的编制者假托为理查德·桑德斯,[1]一个虚构的穷困潦倒而又机智幽默的学究,这就是历书何以得名"穷理查德"的缘故。创造这样一个人物具有多重好处:那时富兰克林年纪尚轻,他直接出面给人教诲显然不合适,而穷理查德则是一个年迈的智者,出自他嘴里的言辞能够增添哲理和教益的分量;而且,借一个虚拟人物之口,还可以自由自在地嬉笑怒骂、插科打诨。作为历书市场的后来者,富兰克林再度发挥了善于为自己做广告的特长,想出了一个十分巧妙的办法,使自己的第一本历书一炮打响。当时他的主要竞争对手名叫蒂坦·利兹,此人多年来编印一种颇有名声的历书;穷理查德别出心裁地在历书的前言中宣称,蒂坦·利兹将在本年10月17日死去,多年来使他不能出版历书的障碍马上就要消失了。富兰克林料定利兹会对此加以反驳,这样就能引起人们的好奇,激发购买的兴趣。这一招果然立收奇效,这本售价5便士的历书转眼间成了畅销品。此后,每年的销量接近1万份。按照富兰克林在《自传》中的说法,这种历书使他"获得了可观的利润"。

但是,《穷理查德历书》的一举成功,却绝非仅仅凭借富兰克林所玩的那个小花招。实际上,他对历书的形式和内容都做了很大的改造,使之更加生动活泼,更加富于趣味和教益,这才是《穷理查德历书》连年畅销的真正奥秘所在。以理查德·桑德斯的名义写作的历书前言,文字机智诙谐,读来趣味盎然;在日历

---

[1] 英国有一个名叫理查德·桑德斯的学者,费城也有叫这个名字的人,富兰克林的理查德·桑德斯虽然和他们同名,但从其个性和特征看,却是一个虚构出来的人物。

的空白处印着许多格言和谚语，文字浅显易懂，富于生活气息，而且每年更换新的内容，深受一般民众的喜爱。1748年，富兰克林对历书的形式和内容再做改进，扩大篇幅，除谚语和格言外，还增加历史、科学和生活等方面的知识，并且在一些月份列举当月出生或故去的名人及其事迹。他将历书改名为《穷理查德历书改进版》。

1757年，富兰克林在前往英国的海船上，为下一年的历书写了一篇很长的序言。这篇序言构思奇巧：穷理查德告诉读者，他的至理名言一直很少被人引用，可是他在一个拍卖会上听到一个名叫阿伯拉罕的神父布道，通篇引用的都是历年《穷理查德历书》中的话，他忍不住把这篇演说抄录下来献给读者。于是，借阿伯拉罕神父之口，富兰克林对他25年来所编历书的内容做了一个回顾和总结，把那些关于节俭、持家与致富的精彩格言和谚语汇编在一起，目的是将零散的句子变成一篇思想一贯的文章，给人以更强烈的印象。[1]后来，这篇序言单独成篇，最初取名《亚伯拉罕神父的演说》，后来更名为《致富之路》，被认为是富兰克林最有名的作品，在各殖民地和欧洲广泛流传。《穷理查德历书》在欧洲为人所知，主要也是靠这篇序言。1758年，富兰克林将历书出版权转卖他人，结束了"穷理查德"的历史。

在北美殖民地，普通人家很少买书，而历书却是必备之物，因之《穷理查德历书》当年就拥有众多的读者。历书上的格言和

---

[1] 由于当时富兰克林手边没有历年的历书，仅凭记忆引用以前的格言和谚语，加上他有意对某些文句做一些修改，所以这篇序言中出现的格言和谚语，在文字上和以前的版本略有出入。

谚语广泛传播，"正如穷理查德所说"成为人们的口头禅。在今天看来，《穷理查德历书》最有价值的部分，并不是1748年以后增补的各种知识，而是那些简洁生动、富于哲理和启迪的格言与谚语。按照富兰克林本人的说法，这些谚语和格言"包含了许多时代和许多国家的智慧"，因为它们大多来自欧洲各国民间和著名作家，在语种上涵盖英语、西班牙语、法语、德语、拉丁语和威尔士语等。经过富兰克林的选择、加工和改写，这些谚语和格言的文字更加平实、生动，含义更为鲜明易懂，带有富兰克林个人的色彩。例如，有一条苏格兰谚语的原文是"一只戴手套的猫不是一个好猎手"，富兰克林改写为"猫戴手套难捉鼠"（1754年）。此外，富兰克林自己也编写了不少格言，如"贪睡的狐狸抓不到鸡"（1743年）、"常用的钥匙总闪亮"（1744年），等等。多数谚语和格言的主题涉及致富、美德和幸福，体现了富兰克林本人在道德、价值、社会和生活方式等方面的见解与立场，也反映了当时北美居民的观念、习俗和信仰，因此，历史学家可以当作史料来运用。马克斯·韦伯在他的《新教伦理与资本主义精神》一书中，曾引用富兰克林两种小册子里的话，来说明何为资本主义精神；而这些话里所包含的观点，同样可见于《穷理查德历书》的格言中。

《穷理查德历书》中的谚语和格言，可以分为若干种类型。一类是表述人生哲理，如"吃饭是为了活着，活着不是为了吃饭"（1733年）；"舌头乱动，惹祸上身"（1733年）；"傻瓜的心长在嘴上，智者的嘴长在心上"（1733年）；"倘若无正义，勇敢成虚弱"（1734年）；"不会服从的人，也就不会指挥"（1734年）；

"有时间就不要等时间"（1737年）；"空空的口袋站不直"（1740年）；"满足能使穷人富，贪心能使富人穷"（1749年）。一类是宣传道德规范，涵盖反对酗酒［"没有什么比醉汉更像傻瓜"（1733年）］、赞美勤奋［"勤奋是幸运之母"（1736年）］、谴责懒惰［"懒惰和沉默是傻瓜的德行"（1735年）、"勤奋克服困难，懒惰产生困难"（1755年）］、抨击贪欲［"贪婪和幸福从来不见面"（1734年）］、讲究德行［"好猪要膘肥，好人有美德"（1736年）、"美德和幸福，如同母和女"（1746年）］，等等。一类是揭露某些社会弊端，如"法律像蛛网，只捕小苍蝇；大蝇破网逃，不怕你眼盯"（1734年），讽刺司法不公正和权势人物肆意违法的行为；"穷人必须出门找肉填肚子，富人必须找肚子来装肉"（1735年），反映了社会贫富不均的现象。一类是持家和致富的诀窍，如"照顾好你的铺子，铺子就会照顾好你"（1735年）；"如果懂得怎样挣得多而花得少，你就得到了点金石"（1736年）；"好妻子和好庄稼，来自好丈夫和好耕夫[1]"（1736年）；等等。一类是关于生活的知识和经验，如"钱包轻，心情重"（1733年）；"多食多病，多药少效"（1734年）；"对上司谦恭是本分，对平辈谦恭是礼貌，对下级谦恭是高贵"（1735年）。还有一类则是富于哲理或情趣的俏皮话，如"美丽和傻气，一对老伙计"（1734年）；"三人若要守秘密，除非两个断了气"（1735年）；"债主的记性比欠债的好"（1736年）；"没有丑陋的情人，也没有漂亮的监狱"（1737年）；

---

[1] 英文"husband"可译为"丈夫""耕作"或"节俭的人"。在这句谚语中，作者巧妙地利用了这个词的多重含义。

"多读书，但不要读多书"（1738年）；"婚前要睁大眼，婚后则要睁一只眼闭一只眼"（1738年）；"贤妻加健康，是男人的好家当"（1746年）；"傻瓜生活在酒桶里，智者生活在思想中"（1748年）；等等。

今天读这些格言和谚语，仍能得到启迪和愉悦。有些可以当作历史来读，因为它们反映了北美殖民地社会的状况、风习和思想观念。历书中不时出现讽刺医生和律师的句子，例如，"上帝治病，医生收费"（1736年）；"一个乡下人夹在两个律师中间，就像一条鱼夹在两只猫中间"（1737年）；等等。这说明医生和律师这两种职业在当时的社会声誉并不太好。有一句谚语说，"一所房子里如果没有女人和火光，就像人体里没有灵魂或精神"（1733年），反映了当时的性别分工和家庭格局。从"如果没有房子（和炉火）来安顿妻子，就千万不要结婚"（1733年）这句谚语可以看出，核心家庭在当时已经相当普遍，而且男子须先自立方可成家。又如"骑马要近而紧，驭人要轻而松"（1734年），这折射出当时的劳动制度；由于各殖民地均存在契约仆和黑人奴隶，所以才会出现"驭人"的问题。"今天的一个鸡蛋，胜过明天的一只母鸡"（1734年）、"做得好胜过说得好"（1737年）等谚语，体现了北美居民讲究实际、注重行动的作风。至于"不要出卖美德换取财富，也不要出卖自由换取权力"（1738年）的劝诫，则同北美居民珍视美德和热爱自由的品格相吻合。"没有法律的地方，就不会有面包"（1744年）这句谚语，阐明了法律和生存的关系，突出了法律的重要性，可以视为北美社会法治传统的写照。

在这些谚语和格言中，有不少和中国成语在意思上十分近似，有的甚至完全相同。例如，"Great talkers, little doers"（1733年），翻译成中文就是"说话的巨人，行动的矮子"；"He that speaks much, is much mistaken"（1736年），和我们常说的"言多必失"意思相近；"Have you somewhat to do to-morrow, do it to-day"（1742年），中文的意思就是"今日事今日毕"；"When wine enters, out goes the truth"（1755年），完全等于中国俗语"酒后吐真言"；"Snowy winter, a plentiful harvest"，和中国民谚"瑞雪兆丰年"毫无二致；"饥饿不认得坏面包"（1733年），与中国成语"饥不择食"如出一辙；"天才呆在本乡，就像金子埋在矿山"（1733年），这和中国俗语"墙内开花墙外香""外来的和尚会念经"可谓异曲同工；"常用的钥匙总闪亮"（1747年），和中国成语"流水不腐、户枢不蠹"说的是同样的道理；"失去的时间找不回"（1748年），类似中国古人所说的"往者不可谏"；"天才不受教育，好比银子埋在矿里"（1750年），接近中国的"玉不琢，不成器"之类的说法。这一切表明，各民族在经验、智慧和观念上，确有不少相通之处。

当然，历书中的格言和谚语并非字字珠玑，有些离开了当时的社会和文化背景，其寓意就无法得到准确理解；有些经过时代和环境变迁的淘洗，显然已经没有多大意义；有些则是纯粹的文字游戏，转译为别的语言后就失掉了原有的韵味。这些都是我们今天阅读时所应注意的问题。

（2001年写于天津）

美国史研究的新起点

三十年前的1979年，对于中国的美国史研究来说，可以说是一个因缘际会的关键年份。当时，"文革"的思想文化暴政已基本结束，改革开放的国策大致确立，在整个社会，特别是知识界，思想解放和精神自由开始成为一种越来越强烈的诉求，开展真正意义上的学术工作的条件趋于形成。也就是在同一年，中国和美国建立了正式的外交关系，长期的敌对和隔绝状态最终消除，美国已从一个单纯受揭露和批判的敌人，变成了一个亟待了解和交往的伙伴。我们的老一代美国史学者，敏锐地抓住这个契机，及时而果断地创建了中国美国史研究会，使全国的美国史研究者从此有了一个交流信息、协作研究的学术平台。

尽管我们今天难以知悉研究会创建的全部细节，但可以想见，它的创建者当时一定怀有炽热的激情和宏大的理想，希望借助这样一个学术团体，把中国的美国史研究提升到一个较高的水平，为中国的经济建设、政治改革、社会进步和文化积累，为中美关系的顺利发展，做出自己的贡献。研究会成立之后，很快步入了常规的运行轨道。它频繁组织和举办学术年会，连续编印内部刊物和交流资料，积极同美国学者开展交流和合作，热心推动年轻一代研究人员的培养，并发起编纂国内迄今为止篇幅最大的一部美国通史。这些都展示了研究会的创建者和早期负责人的胆识与眼光，更包含了他们的心血和辛劳。

三十年来，研究会随着改革开放的深入而稳步前行，见证了中国美国史研究的不断成长。虽然中国人对美国历史的了解可以追溯到晚清时期，但对它的学术性探讨却起步甚晚，而研究工作获得健康和迅速的发展，则是最近三十年的事。在这三十年里，我们的美国史研究从最初的编译和编写，逐渐转变为具有创造性的探索；研究领域从单一的政治史和外交史，扩展到社会史、经济史、文化史、思想史、城市史和环境史等众多领域；写作方式从宏阔而浮泛的议论，逐渐转变为细致而专精的论述。虽然研究会的会员人数并没有明显增加，但出自会员之手的论著则不仅数量大增，而且学术价值也愈益提升。尤其值得一提的是，人才培养和资料建设取得了巨大的进步，研究条件大为改善，前景也愈益乐观可喜。

这些成绩的获得，首先是得益于中国社会和政治的不断开放，特别是经济的发展和国力的增强；其次是依托于中国学术的整体发展以及不断改善的学术环境；最后也离不开几代美国史研究者坚持不懈的努力。至于研究会在这个过程中扮演了什么角色，似乎是不易简单评定的。然而至少可以说，研究会自创立以来，克服各种干扰和困难，始终把全部的注意力放在学术上面。它不仅发挥了协调和交流的功能，而且直接投入学术工作，组织国内和国际的学术会议，编辑出版论文集和资料集，关注和推动研究生培养，致力于促进资料信息的分享。从一定意义上说，研究会所做的这些工作，本身就是中国美国史研究所取得的成绩的一部分。

对于一个学术团体来说，如同一个国家一样，其创建史往往具有经典性；前辈们筚路蓝缕的事迹，很自然地成为激励后进、定向未来的重要资源。我们在庆贺研究会三十岁生日的时候，不免对它的创建者怀有一种特别的敬意和谢忱。他们的业绩已经写入了研究会的历史，并将在它今后的发展中得到光大。对于研究会历任的负责人，对于新老几代会员，我们同样要表达深挚的谢意。研究会是全体会员共有的园地，正是在大家的关心和参与下，它才能有今天的成绩和光荣。现在和将来担负研究会日常工作的人员，虽有"萧规曹随"的便利，但更肩负着"继往开来"的使命。我们不仅要使研究会坚强地生存下去，而且要做更多的工作，有更大的建树，给我们的美国史研究带来更大的助益。

当前国际史学的前沿动向，为我们的美国史研究呈现了新的议题，显示了新的可能性。社会科学与史学在几十年的交互渗透中，彼此的面貌都发生了很大的变化，而史学的变化尤为显著。社会史领域在以往三四十年中不断开拓，早已与政治史平分秋色；新文化史研究也经过了二十余年的尝试，在研究范式和方法上趋于成熟，其缺陷与问题也逐渐显露。一度呈日薄西山之势的政治史，近来又恢复了活力。关于历史上的底层阶级、边缘群体和非主流生活的研究，也出现了方兴未艾的势头。在这些变动趋向中，美国历史学家经常充当着先锋的角色。于今美国史学的情形，与三十年前已迥然不同。深入了解、准确把握和适当借鉴美国史学的成果，可以给我们的研究工作带来刺激和动力。

与三十年前相比，我们研究美国史的条件，也可以说发生了翻天覆地的变化。现在，我们很少因为自己文章的论点而冒政治风险，我们不必依照某种指令和文件来确定课题和研究方案，我们也不用担心写成的有价值的作品难以面世。更重要的是，我们有条件接触和利用更为丰富的文献资料，同国内外学者进行更直接、更频繁的交流，有更多的时间和精力来从事专业工作。在这样的情况下，把我们的美国史研究水平提升到一个新的高度，显然是大有希望的。

我们纪念研究会成立三十周年的意义，不仅在于回顾和总结以往的历程，更是要找到一个新的起点，把我们的研究会办得更好，使我们的美国史研究不断趋于成熟。让我们为此共同努力，并祝愿我们的研究会保持活力，在未来不断地迎来自己更加荣耀的庆典。

（2009年为纪念中国美国史研究会成立30周年而作）

《史学月刊》与中国的美国早期史研究

我曾在《史学月刊》2008年第2期上发过一篇短文,讨论中国的美国早期史研究的现状和前景。其中谈到,早期史在美国史学界是一个相当成熟的领域,成果丰硕,大家辈出;但是,国内研究美国史的人却不太重视早期史,甚至连"早期史"这个概念都是较晚才出现的。一晃将近十年过去了,现在,国内的美国早期史也呈现出比较活跃的局面。这种积极变化的发生,同《史学月刊》的大力倡导和支持,有着至为密切的关系。

一个研究领域的开拓和发展,需要有专业期刊作为支撑。在欧美史学界,除少数综合性的史学刊物外,立足于专门领域甚至专题研究的期刊为数更多。这些期刊大多属于同仁刊物,编者和作者出自同一个专业圈子,彼此志趣相投,声气相通,所刊发的文章大体能反映这个领域的前沿进展和最新水平,有的刊物还被视为本领域的旗帜。在美国的早期史领域,《威廉-玛丽季刊》和

《早期共和国杂志》属于一流刊物，早已是公认的学术标杆。此外，美国许多其他综合性或专门性的史学刊物，也刊登早期史的文章。但是，当前的中国史学却不能享有这样优越的条件。我们只有为数不多的几种综合性史学刊物，专门领域或专题性的刊物寥若晨星。我们的专题论文大多刊登在社科类期刊或大学的学报上，分散零碎，被淹没在各色各样文章的汪洋大海中，自然难于产生影响。于是，一些综合性的史学刊物便摸索有效的路子，把某些专门领域作为自己的主打栏目，力求在办出特色的同时，推动这些领域的发展。我觉得，《史学月刊》在这方面的经验是值得重视的。

最近这些年，《史学月刊》经过扩充和改版，变成了真正的月刊，可以说是史学界为数极少的专业性月刊，每年的发文量应当在同类刊物中居于首位。它有几个不定期的栏目，如"史学理论与史学史""经济社会史""史学评论""读史札记"等，都刊发了不少质量颇高的文章。"美国早期史"虽然没有成为《史学月刊》的一个专栏，但它在近年所取得的进展，却实实在在地得益于这份刊物的推动。

事情的缘起也很偶然。美国佐治亚大学的阿伦·库利科夫教授，在美国早期史领域是一个成名的学者，他对早期奴隶制、美国资本主义的兴起等问题有很深入的研究，他的《烟草与奴隶》是这个领域的一本必读书。他于2006年作为富布莱特学者到南开大学任教后，提议召开一次美国早期史国际研讨会，由他负责约请美国学者，由我提出中国学者的邀请范围，由南开大学美国历史与文化研究中心负责会务。2007年5月，这次名为"全球视野下的美国早期史研究"的国际学术会议，在天津华城宾馆举行。《史学月刊》负责世界史稿件的周祥森教授得到消息，不唯答应刊发会议的学术报道，而且建议我约请与会学者写文章，组织一个专门的笔谈，为推动中国的美国早期史研究"再添一把力"。我当然是欣然应命，当即与到会的几位美国学者沟通，很快就落实了笔谈的作者。几个月后，"中国的美国早期史研究"笔谈便在《史学月刊》（2008年第2期）见刊了。

在今天看来，这组文章对中国的美国早期史研究确实有"把脉"和"开方"的意义。执教于厦门大学的盛嘉教授，早年在康奈尔大学取得博士学位；他相当熟悉美国史学界的情况，对国内美国史研究的长短利钝也有敏锐的观察。他以美国革命史的研究和教学为例，从中美对照的视角，一针见血地指出国内美国史领域的突出弊端：第一，采用简单化和教条化的处理方式，完全没有触及美国革命的复杂性和特殊性；第二，随意把中国式的意识形态标签贴在美国革命之上，造成对历史的扭曲和极度简单化；第三，理论资源匮乏，无法把握美国革命的深层意义。他的剖析可谓深中肯綮。库利科夫教授的文章写得平实而饱满，所论都有的放矢，颇富见地。他在南开大学工作期间，同中国的学者和学生有较多接触，对于中国的美国早期史研究状况也有自己的判断。他认为最突出的问题是，中国学者偏重政治史，喜好大题目，原始文献和研究基础薄弱，治学训练有所不足。另一位为笔谈撰稿的美国学者是迈克尔·朱克曼教授。他早年求学于早期史大家伯纳德·贝林门下，多年来一直执教于宾夕法尼亚大学；他的学术理念和治史路径与其师"渐行渐远"，以大力倡导以底层和边缘群体为主角的社会史和文化史而闻名。他还是一位文章高手，着意于谋篇布局，极讲究遣词造句；他的文章文意幽微隽永，行文优雅多姿。在他看来，中国学者的最大局限在于过分集中于政治史方面，题材陈旧，视野狭隘，对更为精彩有趣的历史景象视而不见。

他们几位都是学问根基深厚、学术判断精准的学者。他们不仅指出了中国的美国早期史研究的不足，而且更重要的是贡献了路径和选题方面的建议，给中国学者带来了定向性的启发，其意义真是非同一般。盛嘉教授谈到，要在充分了解美国史学界研究的基础上，探索本土化的可能；同时要在研究生培养上做大的改进，以期年轻一代能取得更出色的成绩。库利科夫教授则提出，对政治史感兴趣并不是坏事，但是要改变对政治的理解，发掘新的题材，尤其是要缩小选题的规模，以"严格限定的题材来提出很大的问题"。他以美国史学界的最新趋向为参照，建议中国学者在研究早期政治史时，应多取法于社会史和文化史，关注国家与下层阶级的关系，探讨权力的使用和滥用、普通民众对权力的制约以及统治者维护霸权的努力等问题。他相信，这种"新政治史"的路径，既可满足中国学者对政治史的兴趣，又能产生富于新意的成果。朱克曼教授则提出了一条撇开政治史的思路。他觉得历史研究中有着比政治更有意思的东西，他同样基于美国史学界的经验，建议中国学者开展关于美国早期的身份、现代性、种族和日常生活的研究。他以带着几分幽默的语气告诉中国同行，早期史的学者可以不必和总统、国会打交道，"较之美国其他的历史学家，他们更为自由，乐趣也更多"。值得一提的是，这几位学者都对中国年轻一代学人寄予厚望，期待他们在美国早期史领域做出引人瞩目的成绩。

回顾最近十来年国内的美国早期史研究，发现其走向正与几位笔谈作者的预期相吻合。尤其是发表在《史学月刊》上的几篇论文，更清晰地反映了他们当初所提示的学术趋向。年轻一代学者不仅选题比较具体，注重对原始材料的运用，而且在讨论中更多地引入了相关学科的理论和分析工具。其中有几篇论文的立论富于新意，材料丰赡翔实，给人印象尤为深刻。何芊的论文《反〈印花税法〉风波与北美殖民地"爱国"话语的初步转变》(《史学月刊》2015年第9期)，以反英运动初起时爱国话语的变化为题，讨论了北美殖民地居民身份意识的转变及其对后来"国族构建"的意义；雷芳的论文《1783年〈巴黎条约〉与美国早期国家观念的初步形成》(《史学月刊》2015年第7期)，把一个外交史的问题纳入政治文化的讨论范围，强调它在美国早期"国家构建"和"国族构建"中的意义；董瑜的论文《美国建国初期商业公司授予权的归属与政府权力的划分》(《史学月刊》2014年第8期)，从政治维度考察美国建国初期商业公司的建立，运用"国家构建"的理论分析美国早期政治体制中的权力分配和运作；蔡萌的论文《"罗得岛问题"与美国的代表制民主》(《史学月刊》2011年第11期)，以民主为解释框架，对罗得岛修宪运动进行深入探析，揭示了"后革命时代"美国政治文化的内涵和特征。我觉得，这些论文能在很大程度上满足那几位"笔谈"作者的期待，在一定意义上也是《史学月刊》对那组"笔谈"的回应。

当前，有的史学刊物明确提出反对"碎片化"，提倡宏观选题。但是，在我看来，这是对"碎片化"的误解，不利于中国史学的发展，对于外国史研究尤其不可取。得益于国家经济的发展和留学基金的支持，外国史学者经过多年努力，刚刚有条件在某些领域做"窄而深"的研究，以克服以往那种题目宏大、论述浮泛的弊端，孰料却招致"琐碎"之讥。一些刊物把细致专深的研究论文拒之门外，这对外国史水平的继续提升是一个很大的打击。可喜的是，《史学月刊》的编者并不这样看问题。他们一如既往地重视不同层次的选题，即便是十分细小的题目，只要有一得之见，他们都会提供面世的机会。例如，《史学月刊》在"读史札记"栏刊登过两篇美国早期史的短文，一篇考辨约翰·亚当斯的"关于政府的思考"（袁靖：《美国革命时期南部州政府的建构——以约翰·亚当斯〈关于政府的思考〉为中心的考察》，《史学月刊》2013年第1期），一篇讨论美国革命初期的"省区大会"（王彬、李娟：《省区大会在美国革命进程中的作用》，《史学月刊》2013年第4期）。如果放在美国史学的语境中，这两篇文章涉及的问题并不算小，但在中国的美国史研究中仍是微末的题材。这样的文章能见刊于《史学月刊》，对于细致而精深研究的学风是一种鼓励。

前面提到的那组笔谈有两位美国学者参与，这体现了《史学月刊》在办刊方式上的国际化取向。后来,《史学月刊》在美国早期史方面还有两次国际化的尝试。2012年11月,我和蒙蒂塞洛的国际杰斐逊研究中心合作,在北京大学召开了一次名为"杰斐逊时代的民主、共和与国家构建"的国际学术会议。有好几位美国早期史领域的大家,包括戈登·伍德、杰克·雷科夫、哈里·迪金森、迈克尔·朱克曼等,参加了这次会议。国内的参会者既有这个领域的成名学者,也有不少年轻教师和研究生。这是一次规模不大而层次很高的美国早期史研讨会,又是借助《史学月刊》这个平台,会议的重要成果得到了更为广泛的传播。《史学月刊》2013年第4期刊登了会议期间两场圆桌对话的文字实录,题为《美国史研究的新视野、新题材与新路径》。这是一篇极有意思的文字,参加对话的学者有着多样化的国籍和学术背景,其中几位在学术理念和思想取向方面存在分歧,他们相互辩难,展开面对面的争论,使得会议气氛十分活跃,发表的观点予人启发良多。《史学月刊》2014年第2期又刊登了提交那次会议的三篇重头论文。其中伍德教授和朱克曼教授的两篇文章,都以杰斐逊的言行为讨论对象,但立论的取向却大相径庭。伍德教授高度评价杰斐逊的民主理念,朱克曼教授则大力抨击杰斐逊对待海地革命的种族主义态度。雷科夫教授的文章也写得十分别致,他采用心理学的视角来考察杰斐逊的"心路历程",展示了一个民主派是如何在革命时代逐渐成长的。在同一期上刊发三篇同一主题的文章,而且均出自外国学者之手,这在国内史学刊物中可谓难得一见的大手笔。

在过去十多年里，我本人也在《史学月刊》发表过几篇美国早期史方面的文章，自以为略有特点的是讨论代表制的那一篇（《史学月刊》2014年第11期）。文章长达四万余字，在期刊论文里可算得超长了，但以美国史学的标准衡量，这个题目足可以写成好几本书。在当今美国史学界，这也是一个被遗忘多年的传统政治史题目。我虽然主要是基于原始材料展开讨论，但是所用的都是许多史家使用过许多次的常见史料，而且我还参考、援引了大量美国史家的相关研究。那么，写这样一篇文章还有什么意义呢？我感觉自己在思路和写法上还是力求不与人同的。我借重政治学界关于代表制的理论，这些理论有助于辨析革命时期关于代表制的各种理念的区分，以及各种思路在理论上的意义。我把革命者关于代表制的想法与同时期英国的代表制理念加以比较，以期更清晰地考察革命时期美国人在代表制方面的创新。我也发现，一些在戈登·伍德等史家看来处于历时性变化脉络中的前后相续的观念，实际上是并存而且贯穿于革命始终的相互博弈的思想主张；最后，我还比较关注不同理念背后的政治力量之间的关系，并以精英和民众、精英主义和民众主义的冲突与平衡为框架，来解释革命时期关于代表制的争论的走向和意义。从总体上说，在我已发表的文章中，这一篇算是用力最深的。

不过，如果用朱克曼教授的眼光来看，这样的文章却不免老旧，毫无意趣可言。我跟朱克曼教授私交甚厚，很欣赏他的善良和热诚，也由衷钦佩他的学问和见识。但是，我们在学问兴趣上彼此并不一致。他一心倡导突出常规和挑战权威的治史路径；在

2008年那篇笔谈文章中,他直言不讳地称库利科夫教授和我对政治史的倡导是"徒劳无益的"。可是,我坚持认为,政治固然可恶甚至可怕,但并不意味着政治史不值得研究。政治是我们每个人都无法摆脱的现实,它影响甚至改变我们的命运;我们可以不关心政治,但政治却始终笼罩在我们的生活之上。因之,社会史和文化史诚然很有意义,但并不能抵消或掩盖政治史的重要性。考察过去的政治,特别是国家层面的政治结构和权力运作,对于我们理解人类的经验、思考当前的生活,都具有无可替代的价值。当然,关键是研究要做得出色,文章要写得有意思。以我对《史学月刊》办刊风格的观察,特别是我对周祥森教授等编辑人员学术理念的了解,对于我的这种说法,他们想必也是能够接受的。

(2015年12月为庆贺《史学月刊》创刊65周年而作)

八十年代的南开美国史研究室

前些年，社会上兴起一股怀旧之风，文艺界和学术界许多当红的人物，有的写文章，有的接受采访，纷纷回顾自己走过的道路，大都感到20世纪80年代最为特别。那是他们摆脱"文革"梦魇、发现自我、崭露头角的年月，也是一个意气风发、激情四射的时代。

在我的记忆中，80年代确实是非同寻常的。那时，1976年10月启动的政治和思想巨变，形成了第一个高潮。国家的政策已从政治斗争转向了建设和发展，"实现四化"的口号激发了举国的热情和想象。传统的观念和体制开始受到深刻的质疑，从大开的国门汹涌而入的各种信息、风尚和器物，开始改变人们的价值观念和生活方式。对思想界和学术界来说，那十年既充满了疑问、困惑和苦闷，也洋溢着强烈的理想主义和浪漫主义。许多人都在不知疲倦地汲取新知识，殚精竭虑地思考新问题，狂热地追随新思潮,急切地尝试新方法。现在看来,那真是一个历史上少有的自由发挥想象力和创造力的时代。这种时代风气,对于正处在求学阶段的年轻人来说,无疑产生了塑造性的影响。我正是在这个时候来到南开大学,进入了美国史研究这个领域。尤为幸运的是,当时的南开美国史研究室,也恰好处在一个非同寻常的时期。

南开美国史研究室建于1964年,最初就有五六个人,但还没来得及摆脱草创的简陋,就遇上了"文革",实际工作中断了将近十年。70年代前期开始恢复活动。进入80年代,终于迎来了第一个兴盛期。那时,美国史研究室可谓人丁兴旺,阵营齐整,兵强马壮;而且大家都干劲十足,把自己的热情和精力倾注到学术事业之中,取得了可观的实绩。"余生也晚",迟至1986年秋天我才到南开求学,只赶上了80年代的尾巴。但是,见闻很快就让我相信,美国史研究室的事业真是一派欣欣向荣。

当时,研究室的创建人杨生茂教授已经步入晚年,却有一股"不知老之已至"的劲头。他行动已显迟缓,身体并不很好,不时要"跑医院";但是,他给人的感觉是老骥伏枥,雄心勃勃。那几年,他写出了自己学术生涯中最重要的几篇文章,身边的硕士生和博士生个个都是虎虎有生气。他正在深入思考中国人研究美国史的路径,写文章阐发了"中外关系""古今关系""鉴别吸收""学以致用""由博返约"等命题,提出了"资料—专题—通史"的治学方略,主张把"习明纳尔"(seminar)作为研究生训练的主要方式。他一身担当多种重要的学术兼职,其中包括国务院学位委员会学科评议组成员、国家社科规划历史组成员、中国美国史研究会副理事长，还是社科院美国所的兼职研究员。他先后到日本、美国和欧洲访问，与国外同行建立学术联系，努力为年轻人打通出国进修的渠道。他还同时主持好几个重大的研究项目，一个是他最珍视的美国外交政策史，一个是六卷本美国通史（与刘绪贻教授合作），一个是美国史大学教科书，还有一个是美国历史词典。这些项目每个都需要组织大量人手，协调多方关系，调动各种资源。他为此耗费了多少心力，是不难想见的。老人家长期为失眠所苦，那个阶段可能更是离不了安眠药。我觉得，把80年代称作杨先生一生事业的高峰期，应当是言之成理的。

研究室第二代的主角是张友伦教授。他当时年过五旬，在兰州年会上当选为中国美国史研究会的理事长，表明他的学术地位已经得到公认。其实，张先生在美国史研究室不属于创始的一辈。他早年留学苏联列宁格勒大学，50年代末期来南开任教，一直在世界史教研室工作，研究兴趣也集中在国际共运史上。70年代美国史研究室恢复后，杨先生把他调过来。他不顾已届中年，从头开始自学英语，随后又到美国访问和研究。回国后，他很快就成了南开和国内美国史的"领军人物"。我到南开读书时，张先生已接替杨先生担任研究室主任，不久又出任历史研究所所长。据我所知，他那时也有一个很庞大的学术规划。他正集中精力研究"西进运动"和工人运动，写作美国工人运动史，主编六卷本美国通史的第二卷，同时还协助杨先生主持美国历史词典的编写工作。每年入学的研究生大多也愿意投到他门下，每一届他都要带好几个。他正当盛年,自然是十分忙碌,但总是热情高昂,而且这种热情总能感染他身边的人。他看似不苟言笑,其实是一个平易随和的人,凡事总替别人着想,肯为同事和学生争取各种利益和机会。我听说,同事中有人称他是"纯正学者"。这里称赞的也许不仅仅是他的学问,还有他的人品和作风。南开美国史在80年代能有那种可喜的局面,同张先生的继往开来是分不开的。

那个时期,美国史研究室还聚集着好几个极有个性的人物。我以前写过两篇文章,谈了周基堃教授的种种趣事。在研究室的老师中,周先生确实是个极有特点的人。他在西南联大学的是哲学,最大的喜好却是研究和翻译德国文学。他到美国史研究室工作,是命运对他不公的结果。但是,他在南开美国史学科的历史中也是不可忽视的存在。他对知识和思想的强烈兴趣,他的超群的外语能力和翻译水准,在我们这些后学眼里几乎就是神话。每次我们从他那个东村的寓所出来,都感觉自己身上发生了新的变化:不仅获得了新的知识和信息,而且得到了新的精神洗礼,在求知和问学的途中又增添新的动力。当时,周先生主译的《美利坚共和国的成长》上卷已经问世,下卷的译校也已完成,只是迟迟不见付梓。他那时也不知在译什么新作,讲课似乎也不多,时间大约都用来读各式各样的书和文章。老一代当中有一位易廷镇教授,也以翻译见长,译过马克思和恩格斯的传记,当时正着手研究美国经济史。陆镜生老师那时还只有四十多岁,属于中年一辈,刚晋升副教授;但他的勤奋和学识,却早已赢得了广泛的尊重,不少同学当面和背地里都称他"陆先生"。按照当时南开的习惯,凡是有地位、受敬重的老师,不论年龄,都会被学生们尊称为"先生"。

美国史研究室也有好几个年轻教师。我到南开时,王心扬师兄已去耶鲁大学攻读博士学位,我直到十数年后才第一次见到他;李青师兄刚从美国访学归来,有时跟我们"侃"他在美国的见闻(不久,他因不满南开校方的某些做法,调到了杭州师院);倪亭师姐正在联系赴美国深造,并没有给学生开课;徐国琦师兄在1987年留校后,不时把我们约到他的宿舍里喝酒聊天;转年原祖杰师兄也留在了研究室,平素还是喜欢同研究生们打成一片。当时学校还给杨先生配备了一名助手,名叫杜耀光,也是研究室的一员。我在1989年留校,算是80年代最后一个进入研究室的人。当时校方对美国史研究室似乎颇为眷顾,每年都有留校的名额,也有出国的指标。

另外,美国史研究室还有两名特殊的成员。一位是冯承柏教授。他原本是美国史研究室初创时期的一员,但在美国史研究室随历史研究所一道脱离历史系时,他却留在了历史系,并且转岗到博物馆学专业。80年代中期以后,他先是在历史系担任副主任,后来又到学校做副教务长。他虽然离开了美国史研究室,但美国史的同学们却离不开他。一则他还在带美国史的研究生,经常邀请美国学者来讲学;更重要的是,他学识渊博,见解敏锐,谈吐富于感染力,总能把大批的学生吸引到他身边。我入学那个学期,选了他开的"西方史学与社会科学"一课。在那生动活泼的课堂上,我了解到许多新的理论,接触了许多欧美学术经典；那种不断受到新鲜知识和信息刺激的兴奋感，至今仍是记忆犹新。课后，我们还经常结伴到他家里去聊天，有时待到深夜才离去。那时他住在东村的平房里，客厅的四壁摆着层层叠叠的书箱，里面装着他自己的书，也有他父亲冯文潜先生留下的旧藏。

研究室的另一位特殊成员是刘祚昌教授。刘先生当时在山东师大任教，学问精深，著述宏富；但他那里没有博士点，经过杨先生和张先生的张罗，他受聘为南开的兼职教授，在美国史研究室招收博士生。他招的第一个学生是张敏谦学兄，1987年秋天入学。大约在1988年，刘先生还来南开住过一段时间，给研究生讲了几个星期的课。但是，我不知出于什么缘故没有去听课，错失了一次向他请益的机会。

当时的美国史研究室虽然没挂牌子，却有一间自己的资料室兼办公室。在主楼二楼的西头，有一间中等大小的教室，以书架和柜子从中间隔开，一半归日本史研究室，一半归美国史研究室。屋子不大，也许不过二三十平米，四周的木架子上堆满了图书，中间摆着几件破旧的木头桌椅。真所谓"山不在高"，这间狭小而凌乱的屋子，对我们这些初学美国史的人来说，简直就是一个圣地。我最初接触美国史的时候，还在湘中的益阳师专教书，那里也有个图书馆，可是美国史的外文书却一本也找不到。稍后我调到了湘潭大学，无意中从外文系资料室发现了两本英文的美国史书籍，不免有进山得宝的喜悦。现在到了南开美国史研究室，眼前出现的不啻是一个琳琅满目的宝库。记得是在历史研究所的迎新会后，张先生把我们几个新生叫到这间资料室，交代一些学习上的事项。我见到这么多、这么好的英文书，那种惊异和欢欣，至今都还刻骨铭心。我暗想，要是能一直待在这样的地方读书和做研究，每隔三五年写出一本小书来，料定是不成问题的。资料室的管理由林静芬老师负责，我们当时只知道她是《美国工业革命》一书的合作者，后来才慢慢领略了她的细致、热心和善良。

那时，美国史研究室和美国同行的交流异常活跃，形式自是多种多样，请进来的和派出去的都不少。几乎每隔一年就有富布莱特学者来校授课。我的第一堂美国史课，就是由来自阿肯色大学的威廉·谢伊教授讲授的，内容正是美国早期史。他是一个面相端正、身材中等的中年人，平素总是面带忧戚，显得落落寡合；讲课时却也清晰条畅，讲到自己擅长的军事史，更不免眉飞色舞，手舞足蹈。前来南开讲学的知名史家也不少。菲利普·方纳、赫伯特·古特曼、迈克尔·坎曼等学者来讲学时，我还没有进入南开。我刚入校的那年初冬，哈佛教授奥斯卡·汉德林夫妇来访，美国使馆有专人陪同，又是座谈，又是讲演，那几天几乎是南开美国史的节日。随后几年，詹姆斯·伯恩斯、玛丽·诺顿、迈克尔·韩德等知名学者也相继来访；海曼·伯曼、托马斯·帕特森等还做了短期讲课，有几个北京的研究生也赶来听课，可谓极一时之盛。

当然，学生们也为美国史研究室的80年代增添了色彩。杨先生从1978年开始招硕士，但在1985年招了第一个博士以后，却连续几年没有招生，硕士生也带得很少。张先生从1981年开始招硕士，一开始学生也不多。到我报考的那年，招生目录上列出的指导教师是3名：周先生、张先生和易先生。1985年以后，每年招的硕士人数大增，多的时候一年有9个。因此，我在南开读研究生时，美国史的同学是一个很大的群体，前后三届加起来接近20人。但也不光是人多，大家的学习热情也极高。除了听课，我们经常交换各种新书，去赶各种讲座。那时大家生活清苦，囊中羞涩，食堂里最好的菜是七毛钱一份的"小炖肉"，可这种菜一周只吃得起一次；每到晚上十点以后，大家都饿得嗷嗷叫，满楼搜罗方便面充饥。大家在思想和知识上也是同样的饥渴，总在找新书看，追踪各种新的学术动向。那些年，国内知识界发现了两个伟大的人物：一个是顾准，他被看成是在思想专制中敢于独立思考的典范；一个是韦伯，他提供了一种完全不同的看待历史、观察现在的理论视角。许多新的理论和观念纷纷进入史学领域。系统论、控制论、模糊数学。这些来自陌生的理工科的东西，也引起了我们极大的好奇心；涂尔干、帕森斯、E. P.汤普森等人的名字，总是挂在我们的嘴边。

其实，80年代的政治和思想气候也不平静，除了东风，也有寒潮。不过，短暂的倒退或回潮，并没有阻挡思想解放浪潮释放摧枯拉朽的威力。从总体上看，那时的政治环境趋于宽松，思想氛围比较自由。南开美国史的老师们都是谦谦君子，多能包容与自己看法相左的观点。周先生天生是个"自由派"，许多"奇谈怪论"在他那里都能得到一席之地；对实在看不过去的东西，他至多是骂一声"狗屁"而已。冯先生特别喜欢新鲜事物，他本人就是当时思想新风气的推动者；我第一个学期听他的课，写了一篇结课作业，比较英国马克思主义史学和中国马克思主义史学，其中夹杂着一些情绪激越的句子，冯先生不以为忤，还给了我一个不错的分数。张先生自己一直坚持用经典的马克思主义理论做研究，可是我的毕业论文却用韦伯的合理化理论解释进步主义改革，他非但没有反对，还推荐我的文章去参评全校的优秀毕业论文。现在想来，80年代美国史研究室的老师们留下的最大财富，除学科建设和发展的成就外，还有包容多样性、鼓励差异性的学风。

从某种意义上说，南开美国史的基业是在80年代奠立的，我们都是80年代的受益者。美国史研究室在60年代呱呱坠地后一度濒临夭折，70年代逐渐恢复元气，到80年代才得以迅速成长。如果没有杨先生、张先生他们在80年代所做的建设性工作，南开的美国史很可能是另一种局面。

然而，从思想和学术的角度说，80年代的句号是很不完满的。政治和思想的控制再度强化，那些惯于跟风、喜好挥舞意识形态大棒的人又兴奋了一阵。而且，大学的经费普遍不足，教师没有钱出去开会和查资料。当时人们普遍感到压抑，甚至绝望。进入90年代，新一轮经济改革兴起，下海经商蔚为时尚，读书和做学问反倒成了羞于见人的事，博士和教授的头衔也不太受人看重。南开美国史研究室难免遭遇这种风气的冲击，加上老教师退休、年轻人出国，人员也减少到了极限。

好在这种暗淡的景象也没有延续几年，南开美国史研究室很快就在新的条件下焕发了新的生机。到今年,它迎来了自己的"半百华诞"。"当时共我赏花人,点检如今无一半";80年代的那批人,有的故去,有的退休,有的出国,有的调离,在目前的成员中,他们是一个也不剩了,想来令人唏嘘。现在,美国史研究室已易名为美国历史与文化研究中心,看上去像是一个新的机构,在研究和教学上也呈现出新的气象。

(2014年9月为庆贺南开大学美国史研究室建立50周年而作)

在珞珈山的浓荫里读书

坐落在珞珈山的武汉大学，曾是我少年时最为向往的学府。1978年我参加高考，最大的心愿就是考进武大。结果数学才得20多分，拖了后腿，便去了岳麓山下的湖南师院。大学毕业后，我被分到益阳师专教书，同事中有湘潭大学分来的蒋劲松君，我们平素戏称"蒋公"，正全力准备考武大的研究生，立志随刘绪贻教授学习美国史。闲谈中，蒋公对武大的美国史学科称赞不已，对刘先生的学问和人望更是推崇有加。等到我也下决心学美国史的时候，武大又一次成了我最想去的地方。

我调入湘潭大学后，偶然在外语系资料室找到了两本英文书，是关于西奥多·罗斯福的资料和传记，开始对这个人物感兴趣，不禁想写一篇文章。要写文章，仅凭两本书显然是不够的。新婚的妻子见我不时念叨资料的事，便出主意说，不妨到外地去查找。这真是个诱人的点子，我首先想到的是去武大。一则那里是离湘潭最近的美国史中心，二则我过去的同事蒋公正在那里深造。可是，要到省外出差，根本不是一件轻而易举的事。像我这种二十几岁的年轻教员，一无课题，二无积蓄，只能向系里申请经费。我花了好几天工夫，办了烦琐的手续，好歹跑来了一笔钱。接着又从学校开出介绍信，然后随一帮到南京考察的干训部学员一道，去株洲坐火车赴武汉。

那是1985年5月的下旬。到武昌站时已是夜里，我跟着那些学员找地方住了一晚，转天清早去投蒋公。当时他正要出门去赶课，就让同系的刘景华兄接待我。景华和蒋公是湘大的同学，正在吴于廑教授门下读博士。他见是同乡，便分外热情，先陪我到招待所住下，又带我去历史系的美国史资料室。现在想来，那资料室也就是一间不大的屋子，有点老旧，书堆得很满；可我是从一个几乎没有外文收藏的学校来的，见到那么多外文书，不免感叹"资料多得吓人"。景华还带我去了历史系的外文资料室，那里书也不少，只是大多与美国史无关。蒋公下课后，再次把我带到美国史资料室，这回碰巧遇见了刘绪贻教授。

当时我正在书架中间查书，忽听从门口传来说话声。蒋公说是刘先生来了。我跟着他转出去一看，只见进来的是个身穿藏青色中山装的中年人，身材不高，硬朗健旺，面色红润，满头黑发。事后蒋公告诉我，刘先生实际上已年过七旬。我惊叹道："真不像，看上去顶多五十多岁嘛。"蒋公笑着说："刘先生保养有方，所以显得年轻。"蒋公把我介绍给刘先生后，我跟他寒暄了几句，便提出要加入美国史研究会。那时，研究会秘书处设在武大，刘先生是副理事长兼秘书长。刘先生要蒋公给我找来一张入会登记表,并说要严格按规矩办,也就是需要会员推荐,还要单位证明我确实担负美国史的教学工作。他大约还跟我说了其他一些话,给我留下的印象是思想开放、学识丰富。

我专程来武大,为的是给西奥多·罗斯福一文收集资料。外校人员使用武大的资源终究不便,我只好请蒋公代为借书,每次一册,看完后再换。他先后帮我借过理查森编的《美国总统咨文与文件汇编》《西奥多·罗斯福自传》《美国历史文献选粹》等书。我拿到书后,便携去武大行政楼前的树林里,坐在树下细细地看。那里生长着连片的樟树和梧桐,枝干粗壮,蓊郁苍翠,浓荫覆地,林间还有一些石桌和石凳。其时正当初夏,一连几天也没下雨,天气晴和温暖,清风拂面,禽鸣入耳,正是户外读书的上好时节。我随身带了一些卡片,边看边抄,半天下来便积攒了很厚一沓。遇到整篇有用的材料,便拿到武大物理系的复印室去复印。有的书过于破旧,复印工人不肯印,怕弄坏了惹麻烦。我读书时自是投入和专注,看到眼累时,便起身走动。举目四顾,林边的路上人来人往,厚密的树叶里藏莺隔燕,树冠外是澄碧辽远的天空。在这种地方、这种情境中读书的记忆,每每让我想起就觉得惆怅:那是一种无法复制的美好的感觉。

我在武大前后待了十来天。招待所位于珞珈山腰,跟另一位蒋公住过的"半山庐"相邻。同屋还住着一个广西农学院来的年轻教师,姓赵,为人随和热情。我们相处得不错,白天两人分头去办自己的事,晚饭后便一同去山里和湖边散步,去露天广场看电影。有一次，我们走到珞珈山的深处，在山包上发现一个外形像是一块巨石的观景台。人站上去，顿觉天风振衣，气象开阔，暮色中的东湖尽收眼底。那时的武大真是个令人流连的地方，环境好，图书多，非常适合做学问。

那时的武大也是美国史学科最强盛的时期，美国史研究室尽是精兵强将。那次我虽然只见到了刘先生，但我知道还有一大批令人景仰的学者，其中包括曹绍濂先生、李世洞老师、李存训老师、李世雅老师、王锦瑭老师、钟文范老师和谭君久老师。刘先生门下还有一批极为出色的学生。我在武大逗留时，特意从蒋公那里借阅了往届研究生的毕业论文，对韩铁的论文印象尤深，以为是难得一见的好文章。我想，中国的美国史研究能有今天的局面，武大的前辈们当年的开拓推动之功，是绝对不能忘记的。

（2014年10月为庆贺武汉大学美国史研究室建立50周年而作）

他们在美国发现了什么？

王希和姚平编了一本别出心裁的书，叫做《在美国发现历史》。他们在序中谈到，最近两年，留美历史学者举办了一系列活动，参加的人从中感到，他们是一个"特殊的"群体，他们"所经历的、所感受的、所观察的、所思考的"，都可能具有"非常特殊的意义"，值得形诸文字，付诸梨枣。我想补充一点：书中的撰稿人大多是在二三十年前赴美留学的，经过了这样长的年月，正好到了怀旧的时候。从书中的不少文章中，都可以隐约读出怀旧之情。

不过，本书呈现给读者的，远不止怀旧之情。书中收录的31篇文章，在内容、文笔和境界上固有高下之分，但大多内涵丰富，亲切可读。

读者如果对留学史和中美关系史感兴趣，或许能从中发现一些有价值的史料。当然，根据治史的一般经验，回忆性的文字作为"重建史实"的实证材料,不免存在很大的局限性。人的记忆多不可靠,而回忆时往往因利害而取舍,又经情感的渲染,"失其情者比比",这是不足为怪的。不过,如果把它们作为文本分析的材料,以此窥悉新一代留美学人"闯荡美利坚"的心态和感受,那就成了极为难得的史料。

对于正在和打算留美的年轻学子来说,这本书也许可以起到"指南"或"津梁"的作用。虽然时代和环境发生了变化,但类似的经历,特别是从这些经历得出的经验和教训,想来应当还有些借鉴和启迪的意义。

我个人读了这些文章,最感兴趣的是其中反映的美国的学术训练体制,以及支撑这种体制的理念和伦理。不少作者所谈的,都是亲身经历和切身体会,给人一种活生生的感觉。多数文章都谈到了其本人在美国大学所受的学术训练,而丛小平的文章更是这方面的专文,结合她在洛杉矶加州大学的求学经历,系统而周详地描述了研究生培养的种种细节。

在20世纪八九十年代赴美留学的人,大多经历了"文革",并在国内完成了大学本科乃至研究生教育。他们初入美国的大学,几乎每个人都有"无所适从"之感,心中充满"苦恼和焦虑"(第85页)。导致这种不适应感的因素,有文化和思维方式的差异、语言的障碍,还有教师、同学、教学方式和课堂氛围所带来的陌生感。而他们一旦摆脱了最初的"苦恼和焦虑",便很快发现了美国教育的长处,逐渐转变思维方式,调整学习习惯,从而获得了很大的裨益。

美国大学的研究生教育,各校在课程设置方面各有特色,而学生通常拥有较大的选课的自主性。给人印象最深的是教学方式和课堂氛围。授课教师主张批判性地对待前人留下的知识和思想,鼓励学生发挥自己的见解;而学生也特别乐于自我表现,争先恐后地发表各自的"高论"。叶维丽和张信都在文章中提到,美国学生总是对读过的书"找碴挑刺",注重的是"提出自己的观点"(第86页);而老师几乎不对学生的看法给出对错的评判(第19页)。他们一开始不理解这种做法,因为这与他们在中国所习惯的教育方式相去太远。后来他们渐渐明白,这正是"所谓自由主义教育的'真谛'",是一种"开放式地求索'真理'的路数"(第19页)。

我觉得,这种现象至少反映了三个问题。第一,学生放言臧否前人,尽管有时可能走过了头,片面追求标新立异,说话也许不着边际,但批判性学习乃是主动求知的一种有效方式。第二,研究生课堂应当显示知识和思想的多样性,学生自由地发表不同的见解,正预示着增益知识和思想的可能。第三,研究生课堂也应是一个"民主的"场所,在人文知识领域没有绝对的权威,一个问题很难说有什么"标准答案",也不能做简单的对错判断,因而老师并没有一锤定音的特权。

留美学者所受的学术训练,通常包含严格而系统的方法训练,而相关学科的理论学习,则是方法训练的重要一环。巫鸿的文章谈到,他在张光直教授的影响下,"在哈佛学到的重要一点是对方法论的自觉,甚至认为这是现代和传统学术的基本分野"

（第5页）。把方法论的自觉提到区分现代与传统学术的高度，这是一种富有见地的说法。中国历史学者做研究，固然要调动和运用多种方法，也不能说完全没有方法论的意识；但是普遍存在一个重大局限，就是在处理具体的研究题材时，对方法论往往缺乏系统的思考，习惯于把一般分析手段或常规逻辑方法当成自己的核心方法。照这种方式来做研究，结果难免是用常识性理解压倒或取代学术性阐释。

培养严格的学术规范意识，也是学术训练的重要内容。刘晓原的老师告诉他，在读学术论著的时候，"只要一看注释就能了解这个作者的学术成熟程度"。他自己则慢慢体会到，历史著作的正文好比枝干花叶，而注释是其根茎和"立命之本"（第34—35页）。这是一个别致而发人深省的比喻。翟强也提到，冷战史名家约翰·加迪斯教授在培养学生时，"强调注释的重要性"（第167页）。王希则讲了一件他亲身经历的"趣事"：他在写作研究丹佛华工的论文时，借鉴了另一位学者的统计方法，但在文中未加说明；老师要求他必须就统计方法的来源做出说明，以免产生是他首次使用这种方法的误解（第67页）。也就是说，在学术上受到他人的任何启发和帮助，都要在文章中标注出来。

可是，刘晓原在国内看到的现象，却与此形成了鲜明的反差。国内学者在讨论"领土属性转型"时，很少提及他以及他介绍的其他美国学者的论点，于是就造成了一种假象，似乎是这几个中国学者自己发现了这个问题（第41页）。近年来，国内学界屡屡曝光的"学术丑闻"，如果不是严重到了叫人难以容忍的地步，也不会引起舆论的关注。刘晓原所提到的现象，在国内学界通常被说成是"不够规范"或"不够严谨"，人们常常以此来为学术犯规行为辩解或开脱。对照美国学术界对学风的严格要求，我们的确还需要进一步强调学术规范，特别是要把注释提到学术著作的"立命之本"的高度来看待。

我们在讨论如何改进研究生培养时，常说要借鉴美国的经验。从留美学者的经验来看，制度和方法的引进并不困难，难就难在如何确立制度和方法背后的伦理。就研究生的学术训练而言，牵涉到教和学两方面的伦理。如果我们忽略这个伦理层面的问题，单纯地移植制度和引进方法，在效果上难免要大打折扣。

教师须遵从教的伦理。留美学者大多提到，他们的老师要对课程做精心准备，不仅把自己的知识和思想拿出来与学生分享，而且还帮助学生发现寻求新知识的可能方向。据丛小平描述，在洛杉矶加州大学，各个教授的教学方式各不相同，但都能给学生带来收获。老师能容忍不同的说法，鼓励学生做富于个性的独立思考。尤其是在讨论课上，教师只是一个组织者和协调人，并不是掌握最终话语权的裁判。教师还必须关心学生的学习，把教学和批改学生习作视为一件必须做而且必须尽力做好的工作。王希谈到，他在哥伦比亚大学求学期间，埃里克·方纳教授学术上正是如日方升，工作十分忙碌，但对于学生交来的习作，总是"很快阅读"，"仔细批改"；如有问题，则马上约学生前来谈话（第72页）。徐国琦也说，入江昭教授事务繁忙，应接不暇，有时甚至是直接从机场去课堂；但无论怎样忙碌，他对学生学习方面的事情总是有求必应（第370页）。以美国大学通行的课堂教学方式，教授的工作量必定极大地增加；但他们能不厌其烦，仔细认真地批改每一份作业（第437页）。

学生则有一个学习伦理的问题。研究生要完成学业，就必须接受繁重的课程量，敷衍和应付是没有出路的。每一门课的分量都很重，老师布置大量的阅读材料，学生不仅要读书，要在课堂讨论中发言，还要经常写读书报告和小论文。在课堂上，学生必须是参与者和合作者，而不是只带耳朵的"听众"。单方面吸取知识固然不算坏事，但并不合乎公平的理念，因为课堂是一个学术讨论的场所，修课的人应当贡献自己的思考和心得，教师和学生应当一道来完成教学。丛小平提到，有个美国教授把这种课堂称作"搭伙餐"（第436页）。有的教授反对旁听，因为旁听者对课堂没有贡献。这样上课，学生就必须事先做好充分准备，否则对老师和其他同学就显得不够尊重。

可见，一种制度，或是一套规定，往往有自身的系统和层次，有相应的理念和伦理作为支撑，并且离不开有利的社会大环境。具体到研究生的学术训练，如果仅是借用某些做法和制度，似乎是很难指望取得理想效果的。

从书中的一些文章可知，美国史学的发展，得益于开放而便利的档案利用制度。档案的保存、保护、开放和合理利用，是历史研究的命脉。美国和西欧国家的档案利用制度，没有歧视性的限制，这是历史学者的福音。徐国琦在文中对比了在国内和国外做档案研究的不同待遇，给人一种天上地下的感觉（第372—376

页）。从他的描述推知，要在国内做一个有原创性的历史学者，是多么地不容易。另外，美国学术还依赖一套相对严密和合理的评价体制。多数留美学者都在美国出版了自己的博士论文和专著，不少人详尽地描述了评审过程。虽然有人感到自己也受到了误解和委屈，但都承认这种出版前的评审，对于保证出版物的学术质量和可靠性，具有至关重要的意义。

书中还有几篇文章，从跨文化的特殊视角，对当前美国史学有独到的观察，也颇值得一读。留美学者当然是美国学术的受益者，他们从中获得了知识，学得了方法和规范，同时也在寻找进入其主流的途径。因此，他们对于美国学术的优势，有着相当的敏感和自觉。但他们所身负的中国文化，又赋予他们一个跳出庐山的视点，看出了美国史学的缺陷和不足。余茂春对"翻案史学"的利弊有精到的评论，认为这种"改写历史"的风气走过了头，由此产生了多种弊端，如门户之见、政治正确性的限制，等等。王晴佳指出，美国史学中"社会史、公众史和其他'自下而上'史学流派"的兴起，与历史学者的"草根化"和美国社会的"反智"风气有关系，未必什么都好；他认为中国史学和美国的情况本不一样，如果盲目追随美国的风气，就会"自毁长城"（第309—313页）。

还有一点让我特别感兴趣，就是巫鸿称张光直教授为"现代学者"（第5页）。从下文可读出他对"现代学者"的界定。这里同样涉及一个角色和伦理的问题。一个"现代学者"，不仅仅是一个擅长单干和独断之学的孤胆英雄，同时也是"学科机制"的建设者、学术活动的组织者,把建立和主持研究机构、开展交流与合作看得与个人治学同等重要,并乐于为此付出心血。另外,"现代学者"还很重视学术的传承,一心要把这种传承建立在制度和系统的基础上,培养和提携后学,积极参与学术评审和鉴定。就此而言,现代学术就是"现代学者"的事业。反观今天国内的学术状况,我们似乎还需要更多的"现代学者"。

在读这本书的时候,我还不时想到了另一个问题,就是如何看待留美学者的作用和贡献。他们中许多人的初衷是赴美研究美国史,但最终坚持下来者却为数寥寥。初到耶鲁专攻美国史的叶维丽,后来转行做中国史,她表示"我对能够坚持'做美国史'的中国留美学人充满钦佩"。据她的解释,那么多原本出国学习外国史的人,纷纷"'回归'了中国史",是因为他们不得不在特殊背景下"以求在美立足"(第18页)。他们在美国一待多年,经历了艰难的身份转换,从学生变成了教师,有的还从移民变成了公民。据李洪山的说法,他们留在美国大学执教,给美国的高教和学术园地增添了多样性,特别是给中国史、中美关系史研究带来了生气。目前,他们大多正当五十岁上下的壮年,刚刚进入学者生涯的黄金期,今后自当有更大的作为。我们有理由期待,在他们当中能出现杨联陞、邹谠、何炳棣、许倬云、余英时这样的学者。

有人会问,这些留美学者大多在美国取得了永久教职,他们为什么不直接回国为学术和教育出力呢?李洪山在文中提到,1949年以前的百余年里,赴美的中国留学生约为两万多人;而在中美建交以来的30年里，这个数目超过了四十万（第114页）。但就回国的比例而言，1978年以来却大大低于1949年以前，人文学科尤其如此。新一代留美学者，有的在出国时抱着要回国甚至回母校教书的念头，可最终还是留在了美国。留美不归的原因自然是各不相同的，也都有合理的成分。但是，这种状况对国内人文和社会科学的发展，究竟产生了什么影响呢？

本书的各位作者当年在国内时，大多念的是最好的大学，有不少人已经在高校任教，甚至取得了出色的成绩。以当时国内教育和学术资源的匮乏，他们可以说是天之骄子，得天独厚。到了美国以后，他们又享有当时世界上最好的教育与研究条件。如果他们像出国学理工的人一样，有较多的人回国工作，对于国内学术规范的形成，学术风气的改造，以及学术水准的提升，肯定会有很大的推动。不过，他们虽然没有直接回国服务，但多数人仍十分关心国内社会的变化，以多种不同的方式影响和推动国内教育与学术的发展。有的在国内高校兼任教职，其中还有两位是"长江学者"讲座教授。王笛所说的"学术二道贩子"，对国内学术也是功莫大焉，因为他们"把西方的这些学术成果、学术规则和实践介绍到中国"，以"加强中西方学术交流，促进中国学术发展"（第426页）。

书中许多文章的作者，都是我平素熟悉或景仰的人物，也曾听他们亲口谈过在美国问学和求职的故事。这次读了他们的回忆文章，仍是深受震撼。我感到，他们在美国"发现"的"历史"是多重的：有美国自身的历史，有在美华人移民的历史，有美国教育和学术的历史,更有留美学者自己的"心史"。这样一部由历史学者撰写的个人史,自然能带给读者一种特殊的意味。

王希、姚平主编:《在美国发现历史:留美历史学人反思录》,北京大学出版社,2010年。

(2010年写于北京)

王希博士和他的《民主的考验》

若干年前,业师张友伦教授从北京参加一次国际学术会议回来,说起他在会上遇到几位从美国回来的留学生,特别称赞王希的英语地道和流利。从此我记住了"王希"这个名字,每听人谈到他,脑际便浮现出一个面目清秀、风度翩翩、满口洋文的留学生形象。1996年夏天,我在长春参加美国史国际会议,在报到处见到一个略显舟车劳顿、朴实随和的海外来客,听他自报家门,竟是王希,不免有些惊诧,因为他和我想象中的王希出入太远。这时的王希已不再是留学生,他早已拿到哥伦比亚大学的博士学位证书,在美国"为人师表"了。

此后,我和王希交往渐多,对他的了解也不断加深。一开始我客气地称他王老师,他说都是平辈之人,不如直呼其名来得痛快,这样果然缩小了距离,谈天说地,衡文论学,甚觉投缘。他身上并无国内戏称的留学生"四气",为人诚恳热情,处事周全得体，而且有很高远的学术追求。去年9月我到伊利诺伊大学以后，常和他通过电子邮件和电话交谈。不久我们又得以在马里兰大学的一次会议上见面。稍后，我还有机会读了他的书稿和近作，在学术层面对他有了进一步了解。其中有一部他为国内一家出版社写的简明美国宪法史，按出版社要求，仅是面向大众的普及读物，但他写得十分"专业"，对许多国内学界知之不切的问题，他都做了深入浅出的论说。给我印象最深的，还是他在英语世界待了许多年，居然仍能写一手流畅优美的中文，不带多少欧化的痕迹。

今年5月，他应邀赴南开大学讲课，行前多次打电话和我讨论讲课计划以及其他细节，其认真和细致给我留下深刻的印象。我未能亲聆他在南开的宏论，不过，有个学生给我写信说，王老师不仅课讲得好，而且人有一股"清气"，富于理想主义。在这个大家都过于讲求实际、理想久已蒙尘的年代，让人觉出"理想主义"，也许并非好事。但是，这正是王希至为可贵的地方。他很想用他的所学为国内做些事情。我见过他写的关于利用留学资源、关于美国联邦制和中国分权问题的文章，这些文章都体现了学以致用的态度，反映出他的"理想主义"精神。而且，近几年来他一直在探讨回国任教的可能性，借用报纸上常见的说法，他有一腔报国的热忱。

王希生长在四川，早年当过兵，恢复高考后考入河北大学外文系，20世纪80年代中期到美国留学，在埃里克·方纳教授门下研究美国黑人史和宪政史，目前是宾夕法尼亚印第安纳大学历史系的助理教授，同时还被聘为南开大学的兼职教授。今年初，他的博士论文在经过多年的修改和完善以后，终于由佐治亚大学出版社推出。其时我尚在美国，有幸得以先睹之快。我的第一个强烈感受是，这本书的出版，不论在王希本人，还是对80年代初以来到美国学习美国史的中国学人，都具有非同寻常的意义。

书的学术价值暂且不论，单说它的象征意义。美国是以类似大机器生产的方式培养博士的，每年通过答辩的博士论文不计其数，绝大部分都难免被永久尘封在图书馆的某个角落，能梓行而得见天日者何其寥寥。杜维明教授最近撰文介绍在美求学教书的不易，也感叹出版博士论文"难于上青天"。而王希此书的面世，不过是在他获得学位几年之后，其难得自是不言而喻的。另外，到美国去攻读历史学学位的中国学人为数不少，但出版的博士论文大多以中美关系史为题，而纯粹的美国史论著，王希的书实在是破天荒的第一部。这给中文世界的美国史研究者带来了莫大的喜悦和鼓舞。因此，我收到他寄来的新书，尚未细读，就按捺不住兴奋，给他打电话祝贺。

这本书的标题是"The Trial of Democracy: Black Suffrage & Northern Republicans, 1860-1910"，姑且译作《民主的考验：1860—1910年北方共和党人和黑人选举权问题》。它是佐治亚大学编辑出版的"南部法律史研究丛书"的一种。从标题便可得悉书的主题。对于这部著作在学术上的特点和成就，我实在没有资格评论。书后的参考文献中列举了许多既往的研究成果，那些书我大多没有读过，无法说出王希的作品在何种程度上继承了以往的研究，又在哪些方面有自己的新见。但我相信，要连闯方纳教授的审读、哥大答辩委员会的问难和佐治亚大学出版社的挑选等重重关口，如果没有独到之处，恐怕是难以想象的。

书的基础是他在哥大完成的博士论文，后来他在哈佛做博士后，到加州的亨廷顿图书馆做访问学者，就博士论文做了进一步的研究和修改。书中占有资料的得天独厚，不免令国内的研究者甚为艳羡。他所做的档案研究，和美国学者的同类著作相比，在深广的程度上或有过之。他阅读和使用的手稿多达70种，都是美国学术界所界定的真正意义上的"第一手材料"，都没有出版，散布在全美各地的图书馆和其他机构，搜求和阅读的费力是可想而知的。另外，他还使用了数百种未出版或已出版的日记、书信、回忆录、政府文件、法律文件、官方出版物等。这样扎实的史料基础，以国内治国史的传统功夫来要求，也绝对是第一流的。

王希在美国接受史学训练有年，牢固掌握了美国通行的学术规范。他的书举凡资料运用、布局谋篇、立论行文、注释索引，都做得有板有眼、章法严谨。当今美国大学历史系的博士论文大多选题偏小，研究琐碎，只要略有材料上的新发现，就能勉强过关。可是，王希却选了一个比较"传统"的大题目，这样他就必须运用大量的新材料，进行独出心裁的讨论，以构筑一种富于新意的解释。

王希这本书的完成，是他为获得博士学位而努力的结果。但是，作为一位富于学术追求和理想精神的学人，他不可能没有更深一层的用意。他在序言中谈到了写作的两层考虑。第一，作为美国思想意识、政治和宪政机体一部分的黑人投票权，在从内战到进步主义时代这一时期经历了种种演变，对这些演变需要提出一种清楚明了、连贯一致的分析性叙事；第二，在美国和世界其他地方——我想，在这"世界其他地方"当中，自然也包括中国——关于美国民主，人们说得很热烈，但在心目中仍然类于某种神话，如果以内战后黑人投票权问题作为个案，有助于理解美国民主在具体的历史条件下是如何运作的。

按照王希的论说，黑人奴隶在获得解放后如何进入美国政治社会，共和党人最初对此并没有清楚一贯的观点，包括林肯在内的许多人，都对黑人将来与白人达成真正平等的前景持悲观的看法。当解放奴隶成为赢得战争的实际步骤时，共和党人不得不认真考虑，如何将获得自由的黑人整合进美国政治社会。在一个投票权被当成一种性别和种族特权的时代，摆脱奴役以后黑人的政治地位自然要落实到选举权上面。黑人的政治斗争、激进共和党人的立法行动，都是围绕选举权来进行的。激进共和党人的逻辑是，要使国家在新的基础上统一，就必须对南部实行改造；要改造南部，就必须防止从前的奴隶主势力卷土重来；要有效抑制反叛者的政治影响，就必须借重黑人的政治力量。宪法第十五条修正案改变了原来的宪法秩序，使黑人正式成为政治社会的成员。但是，宪法原则在进入实际政治操作的过程中，需要适当的权力手段来予以保障。按照宪法成例，这种权力手段只能依靠各州的政治机制；可是，当时南部各州处于重建中，白人种族主义情绪十分强烈,"三K党"竭力阻挠黑人行使投票权,如果联邦不加以干预,宪法原则就只能流于纸上文章。因此,共和党人打破成例,于1870年5月至1872年6月通过了五项实施第十五条修正案的法令,以保证黑人行使投票权,并运用包括军队在内的各种手段加以执行。这种政策引发了联邦宪法权力限度的争议,在共和党内导致很大的分歧,而且招致南部白人的强烈抵制,因而陷入日益深刻的困境。当民主党再度获得政治优势后,立即废止了这些法令,使各州纷纷得以在19世纪末20世纪初大肆限制黑人选举权,致使黑人选民人数大量下降。在宪法第十五条修正案获得批准时,不少黑人领袖和共和党人均感到十分乐观,认为黑人在美国社会已经获得平等的地位,但没有想到结果却如此令人失望。不过,毕竟修正案条文尚在,它构成了20世纪黑人争取和获得平等政治权利的宪法资源。

从整个美国历史着眼,承认和保障黑人的政治权利,是一件产生了多方面影响的大事。就宪政主义的发展而言,这是一次重大的宪法改革。在旧的宪政秩序中,黑人没有任何政治权利,而且南方白人统治合法性的基础,也恰恰在于将黑人完全排斥在政治生活之外;此时,黑人成了美国公民,开始步入过去由白人所独占的政治社会,南方反叛各州的白人若要重返全国政治生活,首先必须承认和接受这一新的宪政秩序。另外,联邦政府通过维护黑人的政治权利而介入各州事务,在"州权论"破产以后,实现了联邦权力的扩张,带有宪政实验的性质。从现实政治运作来看,在总人口中占很大比例的黑人获得选举权,对美国的地缘政治和政党竞争也产生了难以估量的影响。内战前民主党在南部的优势，在战争机器的打击和黑人选票的冲击下已不复存在，共和党借助黑人的支持而深入南部，得以长期控制全国政局。对共和党而言，黑人选举权能否有效落实，不仅是对他们的政治理想的检验，也关乎他们的实际政治利益。

围绕黑人选举权的具体政治操作是十分复杂多变的。共和党内有不同的派别，他们对于黑人政治权利抱不同的看法，对于实施黑人选举权的措施在宪法上的合法性持不同的观点，对于共和党的实际政治利益也有不同的理解。这就使得共和党在黑人选举权问题上，难以采取一致和一贯的立场。王希的书中胪列了不少国会参、众两院的表决统计，充分显示了共和党内部的分歧。可是，王希不同意那种认为共和党仅将现实政治得失作为唯一考虑的观点。他提出，尽管共和党对其政治信念的崇奉不可能永远真诚，但不能说他们在黑人投票权问题上完全遵循短期利益的指引。这是他的解释有别于传统见解的地方。他强调，共和党从一开始接触黑人选举权，就将原则信念和利益权变结合在了一起。正是这一结合，为共和党人提供了内战后20余年在黑人选举权问题上达成共识的基础。他把共和党基于这种共识而在黑人选举权问题上的合作机制，称作"共和党派别—联合复合体"。

然而，仅仅把眼光局限在政党政治本身，并不能解释在一个拥有深厚宪政主义传统的国家，由宪法所确立的黑人政治权利原则，何以在现实政治运作中如此窒碍难行。王希的视野要远为宽阔。他看到，在黑人政治权利从宪政原则转化为政治机制的时期，同时也是美国社会发生翻天覆地变化的年代，工业化的迅猛推进，地域经济和社会利益的重新组合，政党政治的职业化，各社会集团之间的激烈冲突，黑人的贫困化以及在经济上完全依赖原奴隶主所带来的种族关系的变动，所有这一切都对共和党的政治立场发生影响，都从某种意义上制约着共和党执行有关黑人政治权利的政策的空间。因此，在分析黑人选举权的实施时，不能脱离这一问题所出现和展开的社会和政治环境。不过，王希在寻找具体问题和时代氛围的联系时，并未忽视具体的政治操作还有其本身的机制。在美国特定的社会和政治条件下，一项宪法原则的贯彻，都必定通过政党政治自身的运作规则和过程来实现。于是，他着意于将宪政史和政党史结合在同一分析框架中。

这本书所涉及的时限也不同于一般的界定。王希承认，共和党人对黑人选举权的热情逐渐减弱，从一个方面解释了黑人投票权在南部遭到剥夺的原因；但是，共和党作为一个整体，对黑人政治权利的信念并非终结于1877年重建的"正式"结束。内战后各项宪法修正案所确立的维护黑人权利的原则，在重建结束后很长时期内仍然具有活力；共和党人在联邦军队撤出南部以后，仍未完全放弃维护黑人权利的努力。因此，他把考察的时间下限一直延伸到20世纪初。他利用丰富的材料，清晰地描绘了这个时期围绕黑人投票权而进行的观念冲突和政治较量的复杂画面。

内战后黑人政治权利的演化，固然还涉及南部的文化传统、种族关系的变动、黑人的经济地位和政治意识的状况等诸多因素；王希的书既然以宪政史和政党史为研究视角，当然不可能涵盖如此广泛而驳杂的内容。

　　要真正体味这本书的佳妙，读者必须自己亲自读一读。听说王希有意在国内出版此书的中文本，这自然是一件值得期待的事。我在阅读时，时而感佩于王希的史料功夫，时而折服于他的透辟见解，但也不时觉察到他在文字上的拘谨。作为一个成年后才用英文写作的人，王希的语言造诣已非常人可比；但是，要圆熟自如地运用一种非母语文字，特别是一种和母语有天渊之别的文字，对于在美国求学和教书的中国学人，也许是另一种"蜀道之叹"。我相信，如果王希用中文来改写这本书，借助于他那种挥洒自如的文笔，一定能引领读者进入更为佳胜的境界。

Xi Wang, *The Trial of Democracy: Black Suffrage & Northern Republicans, 1860—1910*, Athens, Georgia: Georgia University Press, 1997.

（1997年11月写于天津）

并非"完美主义者"的遗憾

　　大致在1995年年初，经业师张友伦教授推荐，杨生茂教授、刘绪贻教授和邓蜀生编审三位前辈学者同意由我接手"美国通史丛书"第一册的写作。当时这套丛书的编纂已经进行了十五年，其中四册业已面世，余下的两册亟待完稿成书。丛书可以说是中国美国史研究中最大的协作工程，总主编和策划人均已年届耄耋，当然盼望早日看到圆满的结果。我感到任务艰巨，责任重大，因为既不能辜负前辈师长的期望，又不能草草了事而有辱学术。这一双重压力始终伴随我的研究和写作，以致我曾懊悔自己不该少年气盛，莽撞地接下了这样一副重担。现在书已出版近两年，可是我并没有多少轻松快慰之感。当初的压力固然已经冰释，但取而代之的却是深深的憾意。

　　起初，我打算按照一般通史的写法，概略叙述美国殖民地时期的历史脉络，因此不假思索地将书名定为"美国的殖民地时代"。在收集、阅读材料的同时，我不断推敲主题，思考写作方案，感到原来的设想过于平淡和俗套，既不能反映史学界的前沿进展，也难以写出新意。读书渐多，想法也趋于明朗：要以北美社会在殖民运动开始后所发生的巨大而深刻的变化为主线，着力探讨殖民地居民谋求生存、发展乃至最终寻求独立建国的经历及各种相关因素。在写作方式上，我准备借鉴传统史学的长处，将美国早期史领域的最新研究成果整合在一个清晰条畅、生动可读的叙事框架之中。但到动笔后我就发现，这些想法近乎一种自不量力的"野心"，因为我对自己的学术能力期许过高，而对美国早期史的复杂性和研究的难度则估计得太低。

如果讨论美国早期史上的某个问题，也许会受到资料不足的困扰；但若写一本综合性的早期史著作，则又不免为书籍文献太多所苦。即便是粗略浏览那些浩如烟海的出版物，穷尽一生心力恐怕都难以做到，更何况仔细深入地研读和利用。20世纪中期以前，美国的早期史著作以宏观选题居多，这类作品线索分明，条理清晰，易于把握；然而其中关于许多具体问题的观点，早已为后来的研究所"解构"。而且，这类著作在内容上选择性很强，包含的信息实际上相当有限。最近半个世纪以来，地方史、社会史和多元文化研究成为早期史领域的主流，论题众多，看法纷纭，资料来源也极为多样和分散。每年这类论著的数量实在惊人，要"一网打尽"地掌握这些材料，只能是另一种"高贵的梦想"。1997年3月，我曾到哈佛大学拜访美国史名家伯纳德·贝林教授，向他请教早期史研究。未料他用很夸张的口气说，这个领域的研究者和出版物都太多，他除了知道自己在干什么以外，根本不了解别人的研究情况。的确，我在哈佛的几个图书馆里，面对书架上密集排列的早期史图书，真有无所适从之感。越到后来，我发现要看的书和文章就越多。读书须博览约取，但如果不能先做到博览，所取必定难以得当。由于取材的局限，眼界和力度都大打折扣，写成的书稿多有偏蔽不周，也就不足为怪了。

在档案资料的运用方面，我也下过一番功夫。各殖民地的官方档案多已整理出版，曾为历代史家所反复检点征引，想要利用这类材料写出富有新意的文章，绝不是一件容易的事。在地方史和社会史的研究中，地方档案、财产清单、教会记录和私人日记之类的资料得到日益广泛的利用，但涉及的问题大多具体而细微；如果要用这些分散零碎的材料对整个北美历史做一个宏观考察，以一人之力是根本做不到的。于是，我只能选用部分地方档案和私人文件，并借鉴一些有代表性的地方史和社会史论著，以期收到管中窥豹之效。可是，这样做的代价是难免以偏概全或以点代面，而且造成叙述支离零散，缺乏整体感。

另一个问题则同研究视野有关。近年来，美国史学中出现了国际化的趋向，反映在早期史领域，就是要用更广阔的视野来看问题。有学者倡导从印第安人的视野、美洲的视野、跨大西洋的视野，乃至全球的视野来考察美国早期史。至少，将研究范围局限于13个殖民地是绝对不够的，必须将英属美洲作为一个整体，甚至还要考虑到英国、非洲和西属美洲。这种路径牵涉的外围知识很多，难度于是倍增。我也试图将北美殖民地放在更广阔的背景中看待，通过显性或隐性的比较来透视某些历史现象的意义。可是知识的局限和眼界的制约，不是单凭主观愿望就可以突破的。结果，书中的主角仍是13个大陆殖民地，虽然试图拓宽视野，但处处显得捉襟见肘。

多样性和统一性的关系，也一度让我深感困惑。英属13个殖民地有如13个分立的"国家"，某一殖民地发生的事情，可能和其他殖民地没有多少关联；但在写作中，又不可能将每个殖民地分别叙述。针对某一殖民地的论述相对容易，而涉及较多殖民地的问题则不易把握。我还想在吸收美国史学界多元文化研究成果的基础上，展现北美早期社会的多样性，同时又试图紧扣其基本特征，强调"英格兰特性"的主导作用。但是，各殖民地在地域、人口、经济、宗教、风俗等许多方面存在着纷繁复杂的差别，要充分揭示多样性已是殊为不易，何况还要清晰而恰当地从中梳理出历史变迁的主线。最终写成的书稿，包含庞杂的史事和众多的头绪，很难说有一个清晰有力的总体框架。

至于文字的效果，似乎也未达到当初设想的目标。为了寻找某种合适的文字感觉，我在动笔之前和写作过程中，曾反复诵读古今中外许多史学名著，揣摩写作风格，学习叙事技巧，甚至模仿其遣词造句的艺术。"临阵磨枪"，自然难以收到"立竿见影"的功效。读者可能会觉察到，全书的叙事并不连贯协调，文气也不是十分酣畅顺达。就我个人的感觉而言，第七章在写作上略有可取之处。这大概是由于"独立运动的兴起"本身就具有较强的故事性，天然切合传统的历史叙事方式。

现在来检视书中存在的缺失和疏漏，总有一种为时已晚的感觉。指望将来对这本书进行修订或改写，大抵只是一种自欺欺人的自我安慰，因为这种书很难有再版的机会。在即将交稿之际，我曾与身边的人谈到，至少还要再花两三年工夫，才可能写得略好一些。他们却劝慰我说，世间没有完美无缺的东西，留有一点遗憾是完全正常的。我当然不能自诩为"完美主义者"，但我的确希望在力所能及的范围内把事情做得好一点。尽善尽美诚为天方夜谭，但一个学者不论天分和能力如何，总要认真对待自己的工作，对于学术至境抱一种"虽不能至，然心向往之"的态度。无奈人总会遇到那么多的"不得已"，想要"宁恨无悔"，结果却难免"恨悔交集"，甚至"壮悔滋深"。现在，我面对自己这本《美国的奠基时代》，正处在这样一种纠结的心绪当中。但愿下一本书面世时，不会有这么强烈的遗憾之感。

（2004年写于天津）

附:《美国的奠基时代（1585—1775）》修订版前言

我从来没有想到，还会有机会为本书写这样一篇"修订版前言"。几年以前，我曾在一篇文章中谈到，本书出版后带给我的主要是遗憾，因为时间紧迫，加上研究条件的限制，许多问题有待更深入的探究,材料尚需进一步充实,在行文上也有必要加以完善。当时我的感觉是,这种遗憾也许会一直留存下去,因为修改再版的可能性似乎比较渺茫。没有料到中国人民大学出版社对这本不成熟的小书有兴趣,愿意给它出一个修订版。起初我觉得这是一个让我消除初版留下的"遗憾"的机会,但结果证明却更是一个严峻的考验。

这样说的一个重要原因是,当我动手修订以后,就不得不面对本书出版8年以来美国史学界发表的难以胜数的文献,以及当初因条件所限未能找到的大量材料。在出版合同规定的有限时间内,根本不可能充分研读和利用这些材料。我只得抱着改胜于不改的想法,量力而行,竭尽全力,尽可能弥补当初留下的缺憾。在修订的过程中,我选读了美国新近出版的一些论著,补充了当初遗漏的一些重要的材料,并有选择地充实和改写了某些章节,调整了某些提法,查证了某些引文,改动了某些章节的标题,对文字也做了比较细致的加工。尤其需要说明的是,我还大幅度地改写了《导言》,就美国早期史的最新研究动向进行了讨论和辨析,进一步细化了初版中提出的叙事框架,同时使修订版的内容能尽量接近美国早期史研究的前沿进展。

经过数月的增删润饰,本书的面目发生了明显的变化,虽然不能说已经"脱胎换骨",但称之为"旧貌换新颜"似不为过。现在摆在读者面前的这本书,篇幅较初版有所增加,材料略为充实,主旨更加明确,文辞也稍显妥帖而顺畅。当然,没有解决好的问题依然不少。20世纪中期有美国学者抱怨说,早期史乃是美国历史中"遭受忽视的一半";但最近半个多世纪以来,这个领域已呈现出一种"病态的繁荣",各式各样的专题论著层出不穷,整理和出版的史料也可谓"汗牛充栋"。因此,任何学者如果想写一本综合性的早期史著作,就不仅要有足够的学力来驾驭浩如烟海的材料,而且还必须有适当的眼光从纷纭驳杂的历史解释中看出相对明晰的线索。我不敢自承具备这样的学力和眼光,当初写这样一本书时就深感勉为其难,现在对它加以修订还是显得左支右绌。如果要写出一本更加充实而条贯的早期史,就必须要投入更多的时间和精力。看来这只有俟诸来日,或是寄希望于中国新一代的美国早期史学者。

前后有许多师友为本书的写作提供过帮助。在本书初版的"著者说明"中,我曾对以下人士表达了深挚的谢忱(按姓氏拼音字母顺序):伯纳德·贝林教授、曹中屏教授、陈宏达博士、陈莉丽女士、陈祖洲教授、邓蜀生编审、埃里克·方纳教授、方生编审、冯秀文研究员、高乐咏教授、韩召颖博士、华庆昭教授、黄安年教授、黄柯可研究员、孔庆山教授、李爱慧博士、李立博士、李庆春先生、李世洞教授、刘绪贻教授、陆镜生教授、马克垚教授、罗伯特·麦科利教授、钱乘旦教授、任东来教授、苏宜教授、陶文钊研究员、王希教授、王晓德教授、王章辉研究员、唐纳德·魏森浩教授、肖军副教授、阎照祥教授、杨生茂教授、杨玉圣教授、余志森教授、张聪博士、张聚国副教授、张友伦教授、张月红同学、周基堃教授,以及在南开大学选修过"美国早期史"课程的各位研究生。这次修订得到了人民出版社乔还田编审和中国人民大学出版社谭徐锋先生的大力支持，付成双副教授、丁见民博士和董瑜同学协助借阅了大量资料。没有他们的帮助，修订工作肯定是难以顺利完成的。此外，无论是初版的写作，还是这次的修订，都得到了我的家人一如既往的理解和支持，对此，任何感谢的言辞似乎都显得分量不足。那就仿照学术界的成例，把这本书献给他（她）们吧。

李剑鸣：《美国的奠基时代（1585—1775）》（修订版），中国人民大学出版社，2011年。

（2008年10月写于天津）

文章得失寸心知

采访单位：《历史教学》编辑部
采访时间：2003年10月26日
采访地点：南开大学范孙楼434室
记录整理：于展

问：对于许多学者而言，早年的经历对他后来的学术道路往往具有很重要的影响，例如，家学渊源就有很重要的意义。您能谈谈自己早年的经历吗？它对您后来的成长有什么影响？

答：有家学渊源，对一个学者是一件非常幸运的事情。虽然我的父母兄长为我的成长付出了很多，但我完全没有什么家学可言。我生长在湖南一个很偏僻的乡村，那种偏僻的程度在今天是很难想象的。那时候可看的书少得可怜，我能读到的就只有我哥哥用过的课本，还有一些鲁迅的文章。现在想起来，坐在乡间的阳光下读一些自己喜欢的书，也很有乐趣。但总的来说，接受的教育不正规，读的书也很有限，很多东西后来都要靠自己补课。那时候中小学既不学英文，也不念古文，老一代学者在私塾阶段就解决了的问题，我们在读大学时甚至大学毕业以后还没有解决好。成年以后的补课，跟早年循序渐进的学习相比，效果是大不一样的。所以，早年经历带给我的更多是限制。当然，这不光是个人的问题，实际上是时代造成的。"五四"以来，人们想要斩断传统文化的根，要"打倒孔家店"，不提倡读古书。于是，中国文人的旧学修养、传统文化的底子越来越薄弱。1949年以后情况就更严重了。我是在"文革"期间念的小学和中学，所接触的传统文化成分之少，就可想而知了。另外，"五四"以后的一代人，虽然传统功夫跟王国维、陈寅恪、陈垣他们有很大的差距，但毕竟还重视英文，他们在大学里念过外文课本。到我们这一代人，外文也学得不好。古文、外文两样都不精，在学术的发展上就难免受到很大的限制。

问：您现在专治美国史，2002年被推选为中国美国史研究会的理事长。那么，您是什么时候开始对美国史产生兴趣，并把它作为主攻方向的？

答：选择美国史是一种机缘巧合。其实也不是我自己的选择，而是很多因素促成的。大学毕业以后，学校让我教世界近代史。世界史范围那么广，我就懂一点英文，只能选择英国史，或者是美国史。学校图书馆的英国史资料几乎没有，只找到几本美国史的书，于是我的注意力就集中到了美国史方面，时间一长，觉得还很有意思。中国正在进行现代化建设，要尽快成为一个强国；而世界各国当中，成长为强国速度最快的就数美国了。很多人学美国史的动机，都是要了解美国的强国之道。有个美国教授到中国来讲课，问了很多学生一个同样的问题："你为什么学习美国史？"他得到的答案几乎是一样的：要了解美国迅速成为一个强国的奥秘。我当时也有这方面的考虑，但主要是条件所限，除了美国史，没有其他专业可供选择。

问：您在念研究生期间，先后师从著名美国史专家张友伦教授和杨生茂教授，这对您的学术成长有什么影响？

答：影响确实很大，主要体现在三个方面。第一，杨先生、张先生都是国内最有造诣的美国史学者，在他们门下深造，听他们的教诲，哪怕是一句话、一点小事，都能带来很大的触动。这就好像学画画，自己关在屋子里临摹，可能找不到门道；但如果亲眼看一个大画家现场作画，得到的启发可能超过自己揣摩一辈子。我跟杨先生、张先生学习美国史，就像是在大画家的画室里看他们作画，开阔了眼界，获得了启迪，受到了熏陶。有人总结杨先生治学的特点，归纳成两句话："牢固地扎根中国，深刻地了解美国。"在中国研究美国史，就得走这个路子。"牢固地扎根中国"，就是要结合中国的情况，心里要装着中国的事，要有中国人的观察角度和解释框架；"深刻地了解美国"，就是要尽量掌握美国历史的可靠知识，做出令人信服的阐释。第二，他们的言传身教使我明白了许多做人的道理。张先生胸襟开阔、与人为善；杨先生严于律己、虚怀若谷，都很值得我们学习。中国学者讲究道德文章兼修，要两条腿走路。杨先生和张先生在这两方面都是典范。第三，杨先生和张先生的共同特点是奖掖后学，提携后进。我总说，我们是"大树底下好乘凉"。没有他们的荫庇，哪里有我们这些后学的今天！有的人抱怨自己如何受压制，没有用武之地；但我的感觉刚好相反：用武之地很大，反而是自己能用的"武"太少了。杨先生和张先生都有以事业为重的远大眼光，注意培养后继者，这是南开美国史兴旺发达的关键所在。

问：《大转折的时代——美国进步主义运动研究》是您的第一本书，您在书中提出了"文化重建"这样令人耳目一新的概念，并对此做了深入阐释。您能具体谈一下吗？

答：《大转折的年代》体现了我对这个问题多年的思考和积累。我把进步主义运动与富兰克林·罗斯福的"新政"做了对照，觉得"新政"侧重的是物质重建；而进步主义运动侧重文化的层面，既要使大工业的发展、大公司的兴起所带来的很多问题得到控制，同时又要使整个社会适应大公司带来的变化，也就是一种文化心理的调适。所以，进步主义改革的后果主要表现在社会和文化方面。我提出"文化重建"这个命题，受到了美国历史学家罗伯特·威比的《寻求秩序》的启发。他比较注重思想观念的重要性，而当时我们研究历史都比较侧重经济和制度的作用，不大注意人的心理状态对历史的影响。强调心理文化层面的东西，关注思想意识在人类历史中的作用，实际上是一种历史观的转变，把人放在了历史的中心位置。另外，在我写这本书的时期，人们还普遍认为，美国资本主义在19世纪末20世纪初是处于"腐而不朽""垂而不死"的状况,但历史事实完全不是这样。那个时代正是美国社会生气勃勃、锐意进取的时期,虽然遇到了不少问题,但人们相信,用改革的办法可以解决这些问题,可以推动社会进步。当时人们对于"理性"的力量充满信心,弥漫于社会各个阶层的"进步主义",是一种高度的乐观主义。美国历史上发生过众多的改革运动,证明美国人具有一个突出的特点:他们从来都不会等到"灾难成为历史"才意识到灾难的严重,而是能够做到"未雨绸缪",预先采取行动来防止可能出现的危机,争取可能获得的好处。美国文化可以说是一种注重"可能性"的文化,是一种"前瞻性文化"。不了解这一点,就难以解释美国社会何以能获得稳步而持续的发展。

问:《文化的边疆——美国印第安人与白人文化关系史论》可以说是您的成名作和代表作之一,被认为是"1978年以来中国美国史研究的10余种代表性成果之一","凸显了中国人研究外国史少有的底气和活力"。它的影响不仅局限于历史学界,也引起了民族学、文化学和人类学者的关注。那您最初怎么会对美国印第安人史这个比较冷僻的领域产生兴趣并展开研究呢?而且,在这本书里,您也是从文化角度来论述印、白种族关系的,您是否对文化情有独钟呢?

答:研究美国印第安人的历史,可以有多种角度。我最关心、最好奇的问题是,欧洲人跟印第安人在文化上完全不同,从人种到生活方式,从价值观念到技术器物,各个方面都有天壤之别,这两个文化差异很大的种族发生频繁接触后会产生什么后果呢?

所以，我就选择了从文化关系的角度来切入，把白人对印第安人的文化改造与印第安人对白人文化的反应结合起来考察，强调两种文化的互动。当时感到这个问题在美国史学界没有人系统研究过，在国内更是空白。我们的教科书和有关论著几乎一致认为，美国政府和白人动不动就对印第安人实行屠杀和驱赶，目的是夺取他们的土地。但实际情况是，武力手段往往是一种不得已的选择，美国政府和白人社会最想做的事情，是从文化上同化印第安人，并且在这方面确实投入了大量的人力和物力。并不是所有白人都对印第安人怀有恶意，不少白人同情印第安人，认为文化改造可以给他们带来幸福。但问题是，以一种文化模式来强制改造另一种文化，实际上是一种文化征服，是一场不见刀光剑影的战争。印第安人看起来那么弱小，他们在文化上与白人的差距那么大，但白人的文化改造最终没有成功。这留下了一条很深刻的历史教训：强制同化是一种违背"文化伦理"的做法，真正的同化往往出现在不知不觉的交流和互动中。反过来看，印第安人处在那么不利的境地都能够保持他们的文化传统，一个民族、一个国家就完全不必担心，主动吸收外来文化会导致自己传统的崩溃。

问：除了印、白关系外，您在《美国历史上的社会运动和政府改革》一书中对民权运动也有过论述，能从总体上谈谈您对美国种族关系史的看法吗？

答：世界上很多国家，像加拿大、拉美各国，还有澳大利亚，和美国一样都有复杂的种族问题，但美国发展得特别快，国力强盛，这和种族多样性有什么关系呢？种族的多样性必然带来文化的多样性，这种多样性对美国究竟是好事还是坏事，美国人的看法前后有变化。在民权运动以前，大部分美国人认为种族和文化的多样性是一件坏事，主流种族要保持他们的文化纯一性，就极力消除多样性。到20世纪初期，有人提出文化的多样性对美国是一件有利的事情，不同的文化之间的交流和互动，可以使美国文化充满活力，呈现多彩的形态，这是别人求之不得的东西。当然，那时提出文化多样性问题，主要是针对欧裔移民来说的。到了民权运动时期，黑人成了一支强大的社会政治力量，他们争取种族平等和权利的斗争，促进了其他种族和族裔群体的觉醒，引起了整个美国社会对种族与文化多样性的反思。在这以后，人们越来越明确地认识到，应该肯定和保留文化的多样性，维护不同文化的价值，不能用一个标准强加于人，不能用一种文化的标准来衡量所有的文化，这反映出美国社会发生了很大的变化。从这个角度来讲，种族问题确实是美国发展中的一个核心问题。特纳曾经写过《边疆在美国历史上的重要性》这样的文章；如果能把种族问题与美国历史的关系讲清楚，写一篇《种族问题在美国历史上的重要性》，一定很有意义。我写过一篇《种族问题与美国史学》，希望国内同行在研究中关注种族因素。比如，研究美国劳工史，就必须注意种族因素。工会就有种族界线，"工人阶级"这个概念也受到种族因素的影响。另外，研究社会史、经济史和文化史，都离不开种族问题。如果把种族作为一个分析范畴来看待美国历史的很多问题,就会有新的角度和新的看法,对美国历史的把握也就会更全面。

问:您在1995年接受了杨生茂教授和刘绪贻教授主持的六卷本美国通史第一卷的撰写任务,从此步入美国早期史的研究领域,这可以说是您学术研究的一次重大转向。能谈谈您当时的想法和后来的研究历程吗?

答:这件事又是一个很好的例子,说明一个人的学术道路往往是很多机缘促成的。六卷本美国通史的编纂,是一个很大的工程,杨先生和刘先生苦心经营十多年,已经出了四卷,还有两卷一直没有完成。他们年事已高,希望尽早竣工。我当时敢接受这个任务,也不完全是赤手缚苍龙,还是有一定准备和想法的。我在写完《文化的边疆》以后,就转向一个自己一直很感兴趣的题目——研究美国民主的起源。从时段来说,这个课题属于美国早期史的范畴。现在正好有这样一个机会,让我写一本美国早期史,这对我写美国民主的起源是一个必要的铺垫。涉足美国早期史这个领域,对我来讲是一个重大的转向。当时国内研究早期史的人很少,相关的书和论文都不多;而在美国,早期史恰恰是非常繁荣,成果非常多。这两方面一对比,就觉得很有必要来做。这是一个很开阔的学术空间,有读不完的书,有做不完的题目,现在觉得越做越有兴趣。

问:现在您在美国早期史领域已经是硕果累累、成就斐然了。尤其是您的《美国的奠基时代》赢得了学界的广泛赞誉,被誉为

"我国研究美国早期历史的新的丰硕成果"。在书中,您对美国早期史研究中的渊源与转化、多样性与统一性、独立与革命等重要问题做了深入阐释,是专题研究和综合论述相结合的一个很好的尝试。能谈谈您在这方面的心得与感悟吗?

答: 我经常感叹美国早期史是一个很难的领域,困难表现在好几个方面。中国自己的基础比较薄弱,美国早期史自身又有不少的难点。美国学者说,研究美国早期史不是研究一个国家的历史,而是13个国家的历史。早期史资料很分散,有很多的家庭账册、村镇记录和殖民地政府的档案,有些整理出版了,量相当大。对中国学者来说,17、18世纪的英文也不好懂,跟现在的英文有差别。从事学术工作,就要不断接受新的挑战,在迎接挑战的过程中有所突破,有所创新。

我把书定名为"美国的奠基时代",也是有一些特定的考虑的。我们常讲,美国只用了一两百年,就从殖民地一跃而变成了世界超级大国,给人一种"一步登天"的感觉。实际上,如果从文化的角度看,就不能说美国只有几百年的历史。美国文化的渊源包括欧洲文化、美洲土著文化和西非黑人文化,都可以说是历史悠久、源远流长,美国是通过聚合多种文化的优长而发展起来的。另外,即使是在殖民地时期,北美社会就已经具备了很好的基础:到18世纪中期,殖民地物质相当丰富,当时英国还时常出现饥荒,但殖民地大体上解决了"温饱问题";殖民地在政治上也相当成熟,本地人逐渐掌握了很大的权力,具有很强的自治能力。独立战争一爆发，英国的权威崩溃了，各殖民地马上就建立了自己的政府，避免了内部的动荡，这和殖民地时期政治统治能力的发展是分不开的。总之，社会的独立性、政治的自主性，才是美国独立建国的真正基础。

我还想强调的一点是，我们的教科书把美国独立战争定性为反对殖民压迫的民族解放战争，但是，英属北美并不是一种异族统治的殖民地，而是英国的海外领地；殖民地居民在法律上是"英国人"，他们也确实把自己看成是"英国人"，他们从英国的统治中获得了好处，直到独立战争前夕，殖民地大体上处在繁荣和富足的状况。无论是当时的英国人，还是殖民地的居民，大多把独立战争看成一场"内战"，是住在北美的"英国人"要从母国分离出去。殖民地居民没有提出任何反殖民主义的理论或主张，他们最初只是要求英国把他们当成本土英国人那样对待，争取平等的权利，维护"英国人的自由"。可见，他们是用英国的思想观念来反对英国的。我们不能用中国历史上的农民战争的逻辑来看美国独立战争，北美殖民地居民不是被"逼上梁山"，而是要主动地、理性地争取一些可能的利益和机会，结果造成了一场深刻的革命。这就是我前面讲到的"前瞻性文化"在早期史上的表现。

《美国的奠基时代》出版后，我自己觉得还有很多欠缺。《史学月刊》2003年第9期有个笔谈，我写了一篇短文，叫做《并非完美主义者的遗憾》，意思是说自己写得不好，并不是用非常完美的标准来衡量，有些问题是学术的起码要求。历史自身确实有连续性，只看一段就会有很大的局限。研究19世纪和20世纪的历史，只看这一段，可能不知其所以然；研究早期史，虽然是从起点开始，但不了解后来的事情同样不行，因为很多的趋势是有连续性的，一些事情的意义在当时还没有显现出来，要经过一段时间才看得明白。

问：近期您正在做哪些方面的研究？更长远的计划与目标又是什么呢？

答：我想写一本《美国的立国时代》，和《美国的奠基时代》一起构成一部比较完整的早期史。写完《美国的立国时代》以后，主要精力就要转到前面提到的美国民主起源这个问题上来。无论是写《美国的奠基时代》，还是写《美国的立国时代》，都是为这个题目做准备。可见，美国民主的起源是我研究美国早期史的一个核心目标。最终会写成什么样，现在心里还没有底。我只是有一种期望，要在对美国早期史做一番系统梳理的基础上，提炼和浓缩成一本30来万字的小书，表达我对美国民主起源的一点思考。

问：您曾经两次作为访问学者去美国进行学术研究，也曾邀请很多美国学者到中国来讲学。这种国际间的学术交流对您的学术研究有什么影响呢？

答：影响自然是很大的。研究中国史，待在国内也能做出名堂来；研究外国史，不出去就很难做出像样的成绩。有人讲，最好到自己研究的事情发生地点去看看，找一点身临其境的感觉。研究美国史，到美国去，第一是要对美国的自然环境、社会和文化有亲眼的观察，有切身的感受，这样就会形成一种铺垫和一种底蕴，给自己的研究提供一点经验的支撑。另外就是收集资料。研究一个问题，国内的材料往往是很有限的，必须利用美国的资料条件，尽可能多弄一些材料回来。我到美国去，开玩笑说是去当"复印工人"，也确实复印了很多材料回来。在美国待一年只有一年，看的书不多，一年能看多少书啊？还是要多收集一些材料回来，回到国内再慢慢看，慢慢消化，慢慢利用。还有一点是，和美国学者直接交流，了解他们在研究什么，用什么理论和方法，这也会得到很多的启示。

问：您虽然研究的是外国史，但您很注重中国文史的修养，您的文章讲究文采，显示了很深厚的文史功底，您是怎么做到这一点的？

答：说一个人的文章写得好，有两方面的意思：一是说文章的知识和思想含量很高；二是说文章的形式优美，结构匀称，文字畅达，有自己的风格。我的文章写得并不好，我只是把写好文章作为一个追求的目标，希望自己的文章一方面在学术上有新意，另一方面在形式上比较好看。但两者很难兼得。我写文章的时候，总是提醒自己，要把文章当文章来写。这是什么意思呢？文章自有文章之法，要讲究逻辑性，注意起承转合，句式要有变化，用词要考究，文字与思想要有一致性，行文要优雅多姿。不光要把自己想到的东西表达出来，还要用一种最好的方式表达出来。当然不是这么想就能达到这种境界，要靠平时用心磨炼。读别人的文章，首先要把它当文章来读；一些文章的内容自己不一定懂，但如果当文章来欣赏，也能学到很多东西，学习人家如何提炼主题，如何谋篇布局，如何驾驭文字，等等。我总是说要看一些"闲书"，这些书有各种不同的风格，各种不同的写作路子，使人看到文章风格的多样性，可以从中吸取有用的成分。中国古代的文章有不少是上品，值得仔细揣摩和学习。古文最大的特点是言简意赅，富有韵律和节奏感，念起来抑扬顿挫，朗朗上口。比如说《过秦论》《史记》《资治通鉴》，唐宋八大家，甚至"桐城派"的文章，都值得反复诵读。古人的文章风格影响到"五四"一代文人，鲁迅、朱自清、叶圣陶的文章都有很深的古文修养。另外，我还经常跟同学们说，文章不是写出来的，而是改出来的。在写草稿的时候，可以不讲究文辞，把自己的想法表达出来，想到哪里，写到哪里，完全信马由缰；写完以后再仔细推敲琢磨，反复修改。在修改的过程中，最好找一些好文章来看，揣摩人家的写法，体会文章的境界，培养一种感觉，再顺着这种感觉来修改自己的文章，这样就会有很多灵感，有时真是文思如泉涌。学术文章最理想的风格是平实、稳重和典雅，优美畅达而不以辞害意。这种文风在老一代外国史学者当中首推吴于廑先生和杨生茂先生。这是一种很高的境界，"虽不能至，然心向往之"。

问：您的阅读兴趣很广，据说您在博士考生的面试时总要提这样的问题:"哪几本书对你影响最大?"能问您同样的问题吗?

答: 一个人一生总要读一些书,现在这个时代知识大爆炸,书太多,怎么读书,就更要有所讲究了。读书和学英文一样,有精读和泛读,精读尤其重要。要挑一些好书,反复地读,能终身受益。看一个人的学问境界,最简单的办法,就是看他读过什么书。我个人读书不多,读过的书记住的更少。在读过的书当中,有几本确实印象比较深刻。

第一本是韦伯的《新教伦理与资本主义精神》。在20世纪80年代中后期,中国思想界很活跃,韦伯的这本书被翻译过来,对我们这些正在求学的研究生影响非常之大。韦伯对待知识的态度给人印象很深,他在书中说,他的研究只是一种角度,他讲的不是唯一的、绝对的真理。我们一直比较相信绝对真理,相信知识绝对主义,而韦伯的书使人感受到知识和思想的多样性,看到真理的多元性,这是一种很可爱、很诱人的境界。另外,韦伯的研究路子很有意思。我们过去研究历史,比较注重物质层面的东西,注重经济和制度的因素,但韦伯比较强调思想意识、价值观念的影响。我后来写的文章和书,大多从文化角度、从思想观念的角度来解释历史问题,我把它叫做"文化诠释"(a cultural approach)。这里面就有韦伯的影响。

第二本我很爱读的书,是黄仁宇的《万历十五年》。据研究明史的人说,这本书从学术的角度说并不是黄仁宇的代表作,其中不少东西是可以商榷的。我最初读的时候是在20世纪80年代中期，那时最欣赏的是它的写法。用一种生动、流畅和优雅的叙事方式来讲述一些在正史当中不被注意的小事，从这些小事来看整个明朝历史的症结，这是一个很有意思的路子。这本书的文辞也特别好，可以说达到了庄重优雅的境界。文章的句式变化很多，遣词造句多有出人意表的地方。总之，把历史写得这么引人入胜，这么好读，真是难能可贵。《万历十五年》也不纯粹是黄仁宇个人的作品，它得益于多种有利的机缘：黄仁宇是中国人，他到美国去求学，在美国用英文写成这部书，既有中国文化的底子，又有美国学术的路子；然后自己译成中文，他自己说翻译等于是一种改写，把中文、英文的优长结合起来，把美国学术和中国文化熔铸成一个整体；最后又请了社科院文学所一位老先生润色文字。这么多的优势集中在一起，真是可遇不可求。

第三本书是伯纳德·贝林的《美国革命的思想意识渊源》。研究历史要有历史感，当时人怎么想问题，怎么做事，怎么说话，用的概念是什么含义，如果脱离当时的具体情势和"语境"，就难以得到恰当的理解；如果不注意还原或尽可能揣摩当时人们所感受到的情势，就不能理解他们的言语和行为，就不能很好地对历史事件做出诠释。贝林用了一种"深入历史时空结构内部的分析方法"，也就是"语境分析法"，通过对美国革命参与者所感受到的具体情势的分析，解释了美国革命的深层起因。为历史人物"设身处地"，这是一种重要的研究方法，也是一种对待历史的慎重态度。

孙犁的文章，特别是他的《铁木前传》，我也读过很多遍。《铁木前传》是一本小书，故事没有特别的地方，但他的写法很别致。他的文字看起来很平常，其实是极为考究的，平淡中包含深意，清新而不失雅致。孙犁的古文功力深厚，诗词写得很好；他的文章表面上一点不带古典的痕迹，但他文字的简洁、明快、清雅和富于节奏，无一不反映了他的"旧学"修养。此外，他的标点符号用得很讲究，尤其善于用逗号。逗号用好了，可以调整文章的节奏，改变行文的语势，还可以起到强调的作用。孙犁的《风云初记》也是一本很有意思的小说。在那个普遍看重"英雄史诗"的年代，孙犁却用一种富于情调的散文笔法，写一些不那么"英雄"的人物，讲一些平淡的小事，让我们看到了抗战这个大时代的另一个侧面。

布罗代尔的《菲利普二世时代的地中海和地中海世界》，早已进入了学术经典的行列。这本书为读者构筑了一个非常具体的、似乎是可知可感的历史空间。他写地理环境，但扣住人来写，通过当时各色人物的眼来观察地理环境的变迁。如果说写历史要搭个舞台、搭个背景的话，布罗代尔就把这个舞台搭在你身边，让你能走进去，与历史人物一起经历事件的发生和进展。这是一种很高妙的写法。有人觉得这本书不好读，太琐碎；其实布罗代尔真正的长处在于，他能用一些很琐碎的材料展现一个很丰满的历史时空。我总想拿陈寅恪和布罗代尔做一个对比，但对陈先生的学问基本不懂，怕"佛头着粪"，只好打住。

吴于廑先生的《吴于廑学术论著自选集》中，有不少可读的好文章。吴先生学贯古今中西，诗词书法俱佳，他没有取得世界一流的学术成就，与他自己的学力和修养没有关系，主要是学术环境和研究条件的限制。他一生著述不多，但这并不影响他在中国史学界的地位。他晚年的主要心力用于探索宏观的、全局性的世界史体系。他从世界历史上农耕世界和游牧世界的关系、农本经济的演变和工商业的兴起、农耕世界对工业世界的孕育、工业世界对农耕世界的冲击等问题入手，探讨世界历史的整体演进脉络，解释东西方历史发展殊途的原因，考察人类历史成为世界史的过程。他的文章体现了一种宏大的学者器局，有一种深邃的史家眼光。我尤其钦佩的是他的文字功力。他的文章讲究谋篇布局、起承转合，用词古雅精当，行文从容大气，十分耐读。

20世纪90年代，中国文坛出了一个奇人，就是英年早逝的王小波。他的行为处事也不同凡响，不愿受"体制"的约束，就辞职去做职业作家。他是真正靠写作挣稿费的职业作家，不是那种拿国家工资的"职业"作家。他的小说，据说达到了很高的艺术境界；我没有读过，不敢妄评。但他的随笔和杂文，我是反复读过的，有不少的感想。他最擅长的是把一些惊世骇俗的看法，包裹在一种调侃而随意的文字当中，很少用时髦的术语，也不谈新奇的理论，文字轻松活泼，洒脱自如，机智幽默，见识过人，风趣而高雅。以我有限的阅读而言，他的《花剌子模信使问题》《智慧与国学》等篇，可以说是当代杂文的典范。他提出的"驴和马""嚼了两小时的口香糖"以及"傻大姐"等隐喻，真是发人深思。现在到处都有"读经热""国学热""心得热"，有人还想用中国文化来拯救世界。读一读王小波的文章，可能会有一种清凉的感觉。他的杂文随笔大多收入《我的精神家园》和《沉默的大多数》两本书中，印数都不少，想来坊间不难见到。

问：您曾写过不少书评，有几篇尤其精彩。国内一般的专家和学者似乎不屑于写书评。您怎么看待书评及其相关的学术批评、学术规范等问题？

答：国内书评的地位不高，是因为书评的风气不好。捧场文章比较多，不管懂不懂，先说上几句好话，再把书的内容介绍一下，人家拿着这个书评当评奖、评职称的依据。书评不是由专家来写，就没有深度，没有学术分量；尽说好话，没有原则，这样的书评能有好的形象吗？书评应该由同一个领域的专家来写，只有专家才真正有发言权，才能给出恰如其分的评价。当然，书评有不同的写法。我写的一些评论文章，并不是严格意义上的书评，只是一种读后感。我读了某一本书，引起了一些思考，然后我又看了其他相关的书，有了一些想法和感触，那就用"读后感"的形式表达出来。有时候就还能阐发作者的未竟之义，做一点借题发挥。

至于学术规范，这些年谈论得很多。中国的学术规范建设走了一条很曲折的道路，到了20世纪八九十年代，中国学者感到，没有一套严谨和完善的学术规范，中国学术的发展会受到影响，中国学术界在世界上的声誉也会受到很大的损害。但似乎讨论得多，而真正的建设工作还是没有取得突破性的进展。学术评价机制需要完善，刊物的审稿制度需要改革，技术性规范也需要统一，写论文要有学术史的意识。另外还要大力倡导学者的道德自律，清楚地把握合理引用和抄袭剽窃的界线，杜绝学术违规现象。总之，要做的工作很多。欧美学术界，特别是美国学术界，对学术规范进行了长期的探索，才有今天的局面。中国学术界要从自己的情况出发，好好地吸收人家有益的经验，来完成学术规范的建设。

问：您从事历史研究大约有20年时间了。一般说来，在具体的研究达到一定境界后，必然会在史学理论、史学方法或历史哲学方面有所思考。您曾在《美国史研究中的文化隔膜问题》一文中主张采取宽容、开放的文化心态来研究美国历史；您在论述20世纪美国的史学时，探讨了美国史学界何以缺乏大师通人的缘故；您在评论美国史学家贝林的史学成就时，特别肯定他的"深入历史时空内部结构的分析法"；最近您发表了《本土资源与外国史研究》一文，提出要借助本土文化底蕴、中国文史修养和深切的现实关怀，形成独特的观察视角和解释框架，以期在外国史研究的某些领域取得突破。能具体谈谈您在这些方面的心得体会吗？

答：研究历史，如果一头扎到史实当中出不来，当然是一个很大的局限。历史论著的魅力，一方面在于它所展示的过去景象，另一方面也在于其中所包含的思想。历史学家的思想来自于两个方面：一是平时的理论积累和对理论问题的关注，二是对现实问题的观察和思考。现实问题包括社会现实和学术现状。你提到的那几篇文章，都是有感而发的，只是一孔之见。我提出美国史研究中的文化心态问题，就是针对国内的外国问题研究中存在的"西方主义"倾向而言的。按中国当前的需要来剪裁外国的历史，用中国人固有的政治意识和价值标准来评论人家的东西，不把具体的问题放在具体的历史环境里解释，这是一种对学术很有害的做法。我最近经常谈论本土资源和外国史研究的关系，也是因为外国史研究中有一些问题很难办。我们的外国史研究，本土积累很薄弱，中文材料很少，研究任何问题都必须大量地借助外国的材料；读的是外国人的书，看的是外文材料，怎样才能有所创新呢？这只能从中国自身的条件中来寻找资源，发掘我们自己的优势。我讲的"本土资源"，主要是指中国文化的修养和对中国现实问题的关怀。从这个角度出发，有可能找到不同的思路，甚至能发现一些新的课题，能够对人家已经研究过的问题提出不同的解释，从而形成一点特色。大家都在思考，中国的外国史怎样才能出现既有学术分量又有中国特色的研究成果，这是中国几代外国史研究者的追求。现在研究条件有了很大的改善，网络和数字化技术带来了史学研究手段的革命，资源信息得到极大的丰富，这种条件在过去是难以想见的。在这种条件之下，我们就要力争写出一些真正站得住脚的东西，突破那种翻译、介绍和拼凑外国学术成果的局面，拿出一点中国学者自己独创的成果。

问：现在中国的研究生教育发展很快，招生规模逐年扩大，历史学也不例外。很多人对研究生教育的质量表示担忧。但南开的美国史研究生培养一直做得比较好。这一方面是由于杨生茂先生等前辈做过很多探索和奠基的工作，另一方面也和您的努力分不开。目前，在您的主持下，南开美国史的老师们正在加强和完善研究生的学术训练体系建设，并取得了很好的效果。能谈谈这方面的情况吗？

答：经过很多年的实践，研究生的培养已经有了不少经验，正反两面的经验都有。中国的研究生教育起步很晚，历史很短，要补的东西太多了。美国人最初向德国人学习，花了一百多年时间，逐渐形成一套比较完整和规范的体系。我们的研究生教育确实有一些弊端。比如，硕士和博士两个阶段截然分开，对人文学科研究生的培养非常不利。人文学科需要长期的积累，硕士和博士阶段学的专业不一样，念三年博士，先要弥补专业知识的不足，还要写一篇博士论文，要去找工作，根本没有时间进行系统的学术训练。另外，资源有限，研究经费不够，博士生不能到资料最多的地方去做研究，怎么能写出高水平的论文呢？美国有很多基金，主要供年轻学者去申请，研究生进入做论文的阶段后，可以通过多种渠道申请到经费，不仅能到外国去做研究，而且能用它来养家糊口。我们的博士生哪里有这样的待遇？鉴于这种情况，我们在培养美国史研究生的时候，尽量在学术训练的规范化方面做些工作。我们各位同仁主要做了三方面的工作：一是建立了一个基本的研究生课程体系；二是制定了博士论文选题报告的写作规范；三是制定了学位论文的写作规范。规范化当然只是研究生学术训练的一个方面，因为研究生训练从根本上还是要培养整体学术素质和研究能力。这要靠师生两方面的努力：老师要给予启发、引导和激励；学生则要有较高的学术追求，要培养较高的学术品位。学术研究既要志存高远，又要脚踏实地，两者结合，才能取得成就。

问：现在中小学历史教材和教法的改革正在全国轰轰烈烈地展开，您对此有何看法？

答：中小学历史教材是一种选择性很强的文本。历史包罗万象，历史学家的研究成果也是汗牛充栋，而中小学课本有课时的限制，还要照顾学生的接受能力，如何在有限的篇幅内讲清楚历史的脉络和重点？只能把那些最有必要、最可靠、经得住推敲的历史知识、历史解释和关于历史的思想提供给学生，所以说历史课本的选择性很强。教材里写什么，不写什么，什么详细交代，什么一笔带过，是很有讲究的。我们的历史教材，包括大学的课本，给人的感觉是对学术研究的前沿进展注意得不够，没有反映出知识的增长和思想的更新。跟风走固然不好，但一定要把那些经过史学界充分讨论、大家已经公认的东西写进教科书里面。学术界提出的新问题，开辟的新领域，对一些老问题提出的新解释，也应在教科书里有所反映。我们的教科书在这些方面有些滞后，其中一些解释和说法，读后给人一种隔世之感。一些已经被推翻了的说法，还被作为定论教给学生。学生对历史的了解非常有限，对老师又很信任，老师教的东西，他们往往当成真理来接受。如果提供的知识不准确，解释不可信，论点很过时，怎么对得起学生的求知欲呢？很多学历史的同学有一种深切的感受，觉得他们在大学念的历史是对中学历史知识的颠覆，在研究生阶段学习的东西，又修正了在本科时接触的观点。这反映出我们的教科书确实存在一些问题。教科书要不断修订，要追踪学术前沿进展，要把新的信息、新的思想介绍给学生。《历史教学》经常约请专家就某个专题发表看法，可能有这方面的考虑。教材和教法的改革，的确需要整个史学界共同关心，一起推动。

光启随笔书目

《学术的重和轻》　　　　　　　　　李剑鸣 著

《社会的恶与善》　　　　　　　　　彭小瑜 著

《一只革命的手》　　　　　　　　　孙周兴 著

《徜徉在史学与文学之间》　　　　　张广智 著

《藤影荷声好读书》　　　　　　　　彭　刚 著

《凌波微语》　　　　　　　　　　　陈建华 著

《生命是一种充满强度的运动》　　　汪民安 著